U0856801

我的野生动物朋友 4

Wild·Animals·I·Have·Known

by Ernest Thompson Seton

王者传说

[加] 欧内斯特 · 汤普森 · 西顿◎著
志　晶◎译

山东教育出版社

图书在版编目（CIP）数据

我的野生动物朋友. 4，王者传说 /（加）欧内斯特·汤普森·西顿著；志晶译. — 济南：山东教育出版社，2020.5

ISBN 978-7-5701-1081-0

Ⅰ. ①我…　Ⅱ. ①欧…　②志…　Ⅲ. ①儿童小说－短篇小说－小说集－加拿大－现代　Ⅳ. ①I711.84

中国版本图书馆CIP数据核字（2020）第076003号

责任编辑：张　弘
责任校对：任军芳
封面设计：田　松

WO DE YESHENG DONGWU PENGYOU　4　WANGZHE CHUANSHUO

我的野生动物朋友　4　王者传说

［加］欧内斯特·汤普森·西顿/著　志晶/译

主管单位：山东出版传媒股份有限公司
出版发行：山东教育出版社
地址：济南市纬一路 321 号　邮编：250001
电话：（0531）82092660　网址：www.sjs.com.cn
印　　刷：天津旭非印刷有限公司
版　　次：2020 年 5 月第 1 版
印　　次：2020 年 5 月第 1 次印刷
开　　本：787 毫米 × 1092 毫米　1/32
印　　张：9.5
印　　数：1–15000
字　　数：157 千
定　　价：48.00 元

欧内斯特·汤普森·西顿

Ernest Thompson Seton

1860.8.14—1946.10.23

苏格兰裔加拿大人，著名作家、博物学家、画家、探险家、社会活动家和美国童军的创始先锋之一。他天生喜爱动物，创作的动物小说一直是世界动物文学中的经典。他本人被誉为“动物文学之父”。

1866年，西顿随家人移居加拿大，并在多伦多接受了基础教育。为躲避虐待他的父亲，西顿移居到树林中绘制和研究动物。

1879年，西顿进入英格兰著名的皇家艺术学院学习，并获得了7年的奖学金。

1881年，由于恶劣的生活条件和不良的饮食习惯，西顿不得不停止学业，回到多伦多。恢复健康后，他就再也不受父亲的欢迎了。

1882年，西顿来到曼尼托巴省，和两个哥哥一起耕种，但兄弟们也抱怨他对农场没有什么帮助。他把所有时间都花在研究动物上，开始陆续发表野生动物和自然史方面的文章。

1883年，西顿首次访问美国，在纽约认识了许多博物学家、鸟类学家、艺术家和作家。

1885年，西顿为《世纪辞典》制作了1000张哺乳动物插图。

1886年，西顿撰写了《曼尼托巴哺乳动物》，被任命为曼尼托巴省政府官方博物学家。

1890年至1896年，西顿在巴黎朱利安学院完成了他的艺术学习。

1891年，西顿最著名的画作《沉睡的狼》在巴黎沙龙举行的年度竞赛中获得一等奖。

1898年，西顿出版了他的第一本动物小说《我所认识的野生动物》。这本书出版后，西顿实现了经济上的独立，并与美国总统西奥多·罗斯福建立了友谊。

1902年，西顿成立“丛林印第安人”组织，开始陆续发表《丛林印第安人的白桦树皮卷》系列文章。

1906年，西顿在英国会见了童军运动的创始人——罗伯特·贝登堡。贝登堡采纳和使用了西顿的主要观点，却没有给予他任何荣誉。

1907年， 西顿在加拿大北部进行了2000英里的独木舟之旅，随后出版《北极大草原：2000英里的独木舟之旅，寻找北美驯鹿》。他在这次旅行中制作的地图一直到20世纪50年代，仍然被认为是非常准确的。

1908年， 西顿出版了两卷《北方动物生活史》。

1910年， 西顿担任美国童军创始委员会主席，因为不喜欢童军的军事理念，遂于1915年辞职。

1925年至1928年， 西顿出版了《野生动物的生活》，获得美国自然历史博物馆约翰·伯罗斯勋章和美国国家科学院丹尼尔·吉罗·艾略特奖章。

1930年， 西顿移居圣达菲，并加入圣达菲艺术与文学社团。

1946年， 西顿病逝于新墨西哥州北部的西顿村，享年86岁，在阿尔布开克火化。

1960年， 为纪念西顿诞辰100周年和圣达菲立市350周年，他的女儿迪伊和他的外孙从飞机上举行了骨灰分撒仪式。

1968年， 西顿进入美国国家野生动物保护名人堂。

序言

我的野生动物朋友

我写的这些与动物有关的故事，都是真实可信的。

本书所描述的所有动物故事均来自事实，而非虚构。动物们各自表现出来的英雄气概、个性特征，远比我所描述的更为鲜明。

我在描写这些动物时，努力遵循着这样的原则：体现动物个体的真实性，讲述动物个体的真实想法，而非随心所欲地以满怀恶意的目光看待它们。

农场主们十分清楚，在1889—1894年，狼王洛波（《狼王洛波》）在喀伦坡地区的生活就是那么狂放不羁且极具传奇性。

1882—1888年，宾果（《忠犬宾果的故事》）是我的爱犬，虽然，在这段时间里，我曾到纽约进行过几次长期访问，导致我们之间的亲密关系偶有中断。关于这一点，我的曼尼托巴省的朋友都会记得。

野马（《野马飞毛腿》）生活在19世纪90年代初期，距离洛波的时代很近。这篇故事是一篇严格的纪实文学，除了它的死亡方式还存在争议。

就某种意义而言，乌利是两只狗的混合体：它们都属于杂种狗，都带有大牧羊犬的血统，也自小被培养成了牧羊犬。《诡异狐狗乌利》的前半部分是一篇实录，至于那只狗后来的事，人们仅知道它成了杀羊成性的凶手。故事后半部分的细节，事实上是依据另外一只狗写的——那是一只黄狗，它长期过着两面派的生活：白天是一只忠实的牧羊犬，夜晚则成了嗜血好杀的怪物。

这样的事情并不少见。开始写这些故事之后，我就听说了另一只过着双重生活的牧羊犬，它凶残地虐杀着附近的小狗，并将这种暴行当成其夜间的一种娱乐活动。等主人发现了它的所作所为时，它已经将20只狗杀死了，并且将它们藏在了一个沙坑里。这只牧羊犬死时的情况与乌利完全一样。

红脖子（《松鸡红脖子》）曾生活在多伦多北部的唐河谷地，我的许多同伴都还记得它。它在1889年被害于宝塔山和法兰克堡之间的某个地方。之所以将凶手的名字隐去，是因为我想揭露的是整个人类——而非某个人的恶行。

银斑点（《乌鸦大队长银斑点》），野兔一只耳（《野兔一只耳的故事》）和狐狸维克森（《春田狐的故事》），都是依据真实的动物形象塑造出来的。虽然我将其同类中的许多冒险经历都集中到它们身上，但是，你在书中看到的动物们的生活经历，无不来源于生活。

这些故事都是真实而非虚构的——野生动物的一生总是以悲剧告终的。

事实上，我们与动物同属一个家族。人类所具有的高贵品质，动物身上未必没有；动物所具有的品质，人类也同样拥有。每一种动物都是具有七情六欲的美好生灵——与我们人类相比，仅在聪明程度上略有差别罢了。因此，它们自然也应该享有自己的权利！

欧内斯特·汤普森·西顿

纽约市五马路144号

目录

塔克拉山的熊王

冤家路窄

内华达山脉，是美国加利福尼亚州和内华达州交界处的一座著名的山脉。塔克拉山就是位于这条山脉的西坡上的一座山峰。

熊王的故事就发生在这里。

塔克拉山的山脚下有一个美丽的湖泊，湖水像绿宝石一样深邃迷人，它就是著名的塔霍湖。由山脚下放眼望去，那动人的色调和美景让人沉醉。松林广阔得如同海洋一样辽远无边；而远处的沙斯特山被白雪覆盖着，峭然耸立，庄严肃穆。凡是眼睛可以看到的地方，全是美得令人窒息的绝佳景色。然而，有人却视这美丽的景色如无物——他就是兰卡。

他在做什么呢？瞧吧，他骑在马上，用炯炯有神的双眼四处搜索着。很明显，周围的美景并不是他感兴趣的对象，捕猎野兽才是他的兴趣所在。作为一个猎人，兰卡对自然界中的猎物有一种敏锐的感觉，绝对不会将任何一点儿细微的线索忽略掉，因为他清楚——那些小的变化才蕴含着重大的意义，他甚至随时打算与野兽们大干一场。

但是，欣赏美景则完全是在浪费时间。

兰卡在马上四处张望着，很快就发现了新的线索。他发现，在布满裂缝的花岗岩山峰上有一些模糊的脚印。那脚印巨大、细长，其中的一边较宽。通常情况下，这种脚印就算是运用仪器也极难辨认。然而，对兰卡而言，这根本不成问题。他仔细地看了看，马上就得出了结论：这一定是熊的脚印。

兰卡继续细心地观察，又发现了很多更小的脚印，而且，小脚印与大脚印向着同一个方向延伸。于是，兰卡断定：这应该是一头母熊带着两只小熊。再仔细一看，哇！被踩过的草，有的还没有站立起来呢。

兰卡意识到：现在，母熊和它的孩子或许就在附近。

兰卡骑在马上，仔细地察看着地面，追踪着熊的足迹，然后继续前行。兰卡的马也闻到了熊的气味，因此变得更加小心。没过一会儿，马就停下了，不肯再向前走。很明显，它害怕了。

这样一来，兰卡就明白了：熊必定就在这附近！

兰卡在一个小山坡前的不远处下了马，然后把缰绳放在地上，仿佛在告诉马：“你站在这里，别动！”

随后，兰卡拿着枪爬到高处，小心地前进。到山顶后，兰卡更加小心了——惊动熊可是一件非常恐怖的事情。又过了一会儿，兰卡终于锁定了目标——首先映入他眼帘的是两只小熊；它们的妈妈，一头雌性灰熊就在它们的对面躺着。

想在50米远的地方瞄准一只熊，是一件极其困难的事情。但兰卡一点儿都不在乎，他举起枪，瞄准母熊的肩膀扣动了扳机。然而，母熊仅仅是受了伤，并没有被杀死。受到惊吓的母熊马上跳了起来，朝兰卡飞奔而来。

兰卡一看，转身就跑。

现在的情形是：母熊在与兰卡相距50米远的地方飞奔而来，而兰卡和他的马相距15米远。兰卡要想逃脱，就一定要骑上马。

当兰卡刚刚跨上马背的时候，母熊已经冲到了跟前。兰卡和马都相当狼狈。母熊和马并排跑出了100多米。

在这一过程中，母熊有好几次差点儿咬住兰卡和马，所幸，每次兰卡和马都快速地躲开了。灰熊无法持续快速奔跑，所以，马慢慢地将母熊抛在了身后。最后，母熊放弃了继续追赶兰卡的念头。

兰卡最终得以捡回了一条命。

大难不死的兰卡并不甘心，他想："终有一天，我要找母熊报仇！"

一个星期后的一天，兰卡正行走在深深的山谷边上，忽然发现谷底有什么东西在动。他仔细一看，天哪！冤家路窄，竟然又是那头母熊和它的两只幼崽！

机会终于来了！

兰卡马上将猎枪端起。

母熊根本不知道死神马上就要降临，它来到清澈的水边，停下脚步打算喝点水。就在这时，兰卡扣动了扳机。枪响后，母熊马上转过身子，用它的前掌拍打着两只小熊，把它们赶到了树上。可就在这时，兰卡的第二发子弹又来了。母熊中弹后由山坡上滚了下来，嘴里发出了沉重的呼吸声，很快，它又跳起来，爬上斜坡，向站在山坡上的兰卡冲去。没想到，兰卡的第三发子弹正中它的头颅！

可怜的母熊一下子滚落谷底，死了！

随后，兰卡也来到了谷底，在母熊的身上补射了一枪。然后，他将子弹重新装上，回到了小熊的藏身处，也跟着上了树。看到兰卡越来越近，两只小熊不得不向更高的地方爬去。它们发出了“呜呜”的叫声，一只在伤心地抽着鼻子，另一只则愤怒地吼叫着。

但是，它们的抗议没有一点儿用。兰卡把两只小熊捆绑起来，拽到了树下。

刚到地上的时候，其中一只小熊虽然身上还带着绳索，却猛地扑向兰卡。尽管它的身体与猫一样大，但是力气却大得惊人。如果不是兰卡给了它一棒子，说不定这个小家伙真的会弄伤他。

随后，两只小熊被兰卡装进布袋，放到了马背上，兰卡也骑上马朝着家里走去。

杰克的耳环

回到小屋后，兰卡将小熊从布袋里拿出来，并为它们戴上了项圈，然后，用链子把它们拴在树桩上。在最初的两三天里，小熊们还不太适应这种生活，干脆绝食了。甚至有几次，它们还被拴着自己的链子缠住了脖子。后来，或许是太饿了，它们就喝了一点儿兰卡为它们准备的牛奶。

一个星期后，小熊们放弃了抗议——毕竟，一直绝食也于事无补，或许，它们已经接受了自己的命运。于是，每当感到口渴或者肚子饿的时候，它们就开始叫唤，为的是将信息传达给兰卡。

猎人兰卡替两只小熊分别取了名字，公的那只叫杰克，母的那只叫吉尔。吉尔的脾气相当暴躁，性子也特别急。而杰克却格外乖巧，它喜欢做各种好玩的动作，逗得人们哈哈大笑。

一个月后，杰克已经适应了这里的生活。于是，兰卡尝试着将杰克的锁链解开。出乎意料的是，杰克不但不逃跑，反而像小狗一样紧跟在兰卡身后。

因为杰克总能做出一些有趣的动作，所以，兰卡的朋友们都十分喜欢这只小熊。

一条小河蜿蜒流过兰卡居住的小屋，小河边是一片草原。兰卡经常去那片草原割草，小熊杰克也喜欢与他同行。当兰卡挥动镰刀割草的时候，杰克就在一边玩耍。有时，杰克还会坐在兰卡的外套上替他看管衣服呢！

杰克特别喜欢吃蜂蜜。每当兰卡在地上发现蜂窝的时候，他就会冲着杰克大声叫喊："杰克，快过来啊，这里有蜂蜜！"

很快，杰克就如同圆球一样滚到兰卡的身边，一边高兴地抽动着鼻子，一边小心地向蜂窝靠近。杰克知道蜜蜂有蜇人的针，所以，在挖出蜂窝前，它会先用前掌将蜜蜂打落，然后用力踩死，接着，它会轻轻地把土扒开，挖出蜂窝。

将蜂窝挖出一部分后，杰克就会把蜂窝里的蜜蜂全赶出去，再把它们弄死。当所有蜜蜂都被它干掉后，它才会把蜂窝全部挖出来。吃的时候，它会先舔光蜂蜜，然后再吃掉幼虫和蜂蜡。最后，它会把那些死掉的蜜蜂逐一放进嘴里。

老罗是兰卡的一个朋友，他住在与兰卡的小屋相距2000米远的地方。老罗曾经看到过杰克采蜜的情形。

有一天，老罗来到兰卡家对他说："兰卡，你把杰克带出来，我们也逗它玩一玩好吗？"

兰卡没理由拒绝。他带着杰克，跟着老罗来到了河边。

走在前面的老罗来到了一棵大树前，指着上面说："杰克，快看，那里有你喜欢的蜂蜜哦！"

那个马蜂窝悬在空中，就如同一个气球。杰克歪着脑袋向树上望去，蜜蜂在树枝周围嗡嗡地飞着——杰克从来没有见过悬挂在树上的蜂窝。

尽管有点儿迟疑，但是杰克还是开始爬树了。这时，兰卡和老罗关注着它的一举一动。兰卡不由得有些担心，尽管杰克笨拙的样子相当可爱，但是，让自己心爱的小熊去冒这种险，他还是很不情愿。

老罗却一点儿也不在乎地大声喊着："哈哈，太有意思啦！有趣的事情就要发生啦！"

杰克沿着树干，到了蜂窝所在的粗大枝干上。它向下一看，能看到下面的河水在缓缓流动。杰克抽动着鼻子，极其小心地向前慢慢接近了蜂窝。马蜂们见到杰克入侵了自己的地盘，于是愤怒地嗡嗡乱叫，到处飞舞。小熊有些焦虑，于是，向后退了几步。

两个人看到这种情形，不由得在树下哈哈大笑起来。

老罗还是若无其事地诱惑杰克：“快去呀杰克！那不是蜂蜜吗？”

然而，杰克还是站在粗大的枝干上保持不动，直到嗡嗡飞舞的马蜂全部进入了蜂窝。此时，它抽动着小鼻子行动起来——它极其小心地接近树枝的顶端，一小步又一小步地靠近蜂窝的上方。很快，杰克伸出毛茸茸的前掌，一下子便将蜂窝的出口压住了。出口一被堵住，马蜂就无法飞出来了。

接着，杰克用两只前掌抱住蜂窝，一下子跳入了河里。在水中，杰克用后腿将蜂窝抓了个粉碎，然后游到了岸上。蜂窝被弄坏后就顺着河水漂走了，杰克在河岸上追逐着蜂窝。蜂窝顺着河水继续漂流着，不一会儿，就在一个浅滩处搁浅了。杰克再次跳进水里，兴高采烈地把蜂窝搬上了河岸。

杰克发现蜂窝里没有蜂蜜后，有些失望。但是，蜂窝里面有相当多肥嫩的幼蜂。于是，杰克大吃起来，一直到肚子胀得跟皮球一样才停下。

老罗原以为他一定可以看到小熊在树枝上被马蜂蜇的狼狈样，而杰克却轻易地就将美食弄到了手。由于小熊没有被难倒，兰卡感到非常高兴，就用愉快的语调问老罗:“如何，我的杰克聪明吧？”

老罗尴尬地笑着说:“这回，反而让你们看我的笑话了！”

老罗家里养着羊和狗，杰克每次随兰卡去老罗家都会被欺负。所以，杰克最讨厌去老罗家。老罗的狗却特别喜欢招惹杰克。一般情况下，它会趁杰克不注意，瞧准杰克的脚后跟咬上一口，然后马上逃跑。杰克的动作没有狗迅速，狗一靠近，它就马上逃到树上去。

所以，每当兰卡领着它去老罗家的时候，它就会偷偷地溜回去。可即便如此，它还是无法避开那只讨厌的狗——有时候老罗也会领着它来到兰卡家。

这一天，老罗又带着它的狗来到了兰卡家。两个男人坐在兰卡的小屋前尽情地聊天，这时，杰克又被狗赶到了树上。随后，狗就趴在树下打起了瞌睡。

起初，杰克就在树上纹丝不动，等到狗一睡着，它就有了一个好主意。

杰克悄悄地将身体移到了狗的正上方——那只狗正躺在树下美美地睡觉呢！看吧，它时不时地蹬着腿，嘴里还不断地发出幸福的呜呜声，好像正在梦里追逐、欺负杰克呢！

小熊杰克在树枝上观察着下面的狗，等瞧准后，它突然由树枝上“噌”的一下跳了下来，身体恰好砸在了杂种狗的身上——狗的骨头差一点儿就被压断了，它体内所有的空气都被挤了出来，甚至都无法“汪汪”叫。

它喘了相当长的时间，还是晕头转向，最后，只好灰溜溜地逃掉了。

从此以后，老罗的狗再也不来兰卡的小屋了，更不敢欺负杰克了！

光阴似箭，杰克慢慢长大了，成了一头强壮的熊。有时，它会与兰卡共同去远方。一直以来，兰卡都很担心杰克会被猎人打死——他们会将杰克错认为是野生的熊。所幸，兰卡的一个放羊的朋友给他提了一个好建议：“无所谓，给它戴上耳环就没事了。”

于是，兰卡也不管杰克是不是愿意，就在杰克的耳朵上打了两个洞，还为它带上了两个异常醒目的大耳环。

杰克十分讨厌那两个大耳环。它好几次想把耳环弄掉，但是，挣扎了好几天都没有成功。终于有一天，树枝钩住了左边的耳环，它趁机使劲一拉，就将耳环扯了下来。如此一来，杰克的耳朵上就剩下了一个耳环。于是，兰卡就把它右面的耳环也拿了下来。

交易

不同于杰克的受宠与自由，吉尔却始终被铁链锁着。于是，它们之间出现了鲜明的对比：杰克越来越聪明，越来越有活力；吉尔却越来越阴郁，越来越沉默。

有一天，兰卡不在家。吉尔不知如何将锁链挣脱了，它和杰克一起来到了兰卡的仓库。随后，它们就在那里搞起了破坏：将食物中的好吃的挑出来吃掉。吃饱后，它们又搬出盛着面粉和奶油的口袋，把里面的东西全倒在地板上。接着，它们就在满是面粉和奶油的地板上来回打滚——事实上，它们并不清楚，为了弄回那些东西，兰卡曾走了80多千米的路。

就在杰克弄坏最后一袋面粉时，吉尔正要撬开炸金矿的炸药箱子。这时，门口突然变暗了。小熊们往那边看了一眼，这才发现主人兰卡就站在那里。兰卡看到了眼前的情景，真是气坏了！

两只小熊或许也发现自己闯下大祸了。吉尔马上皱起眉头，偷偷地溜到了仓库的角落，眼露凶光，准备自卫。

可杰克却调皮地歪着头，抽动着鼻子，发出高兴的叫声，并从容地向兰卡跑去，伸出了两只黏糊糊的前掌，想让主人抱抱：那样子好像已将自己的恶劣罪行彻底忘记了。

兰卡原本想大发雷霆，可当他看到杰克向自己跑过来时那可爱的样子，他的怒气马上就消去了一半。他冲着杰克吼叫道："你这个小坏蛋！看我不收拾你！"

尽管话是这么说，但是兰卡还是像平常一样，将这只脏兮兮、黏糊糊的小熊抱起来，并和它像从前一样亲热起来。

事情是杰克和吉尔一起干的，既然杰克逃脱了惩罚，那么，吉尔也不应该受到惩罚才对。但事实并非如此。吉尔不但受到了惩罚，而且还又一次被主人用链子拴了起来。

兰卡的心情还是很糟，一方面是由于乱七八糟的仓库，另一方面就是由于在回家的路上他又摔了一跤，把枪给弄坏了。

那天晚上，一个带着两匹驮着货物的马的陌生人来了，他请求兰卡让他借住一宿。兰卡答应了。陌生人住下后，小熊杰克出来了。看到陌生人，杰克非常兴奋，欢快地闹腾着，并学着狗的动作，逗得兰卡和陌生人开怀大笑。

第二天早晨临走的时候，陌生人对兰卡说：“我想买下你的那两只小熊，25美元两只。你看如何？”

兰卡想到食物已经被糟蹋了，枪也坏了，而且自己已身无分文。于是，他说：“每只25美元，两只50美元。如果你肯给这个价，我就把它们卖给你。”

陌生人说：“没问题，一言为定！”

说完，陌生人将50美元掏出来交给了兰卡，然后，就打算带走两只小熊。

陌生人在马背的两边分别放了一个筐，两只小熊一边一个，然后便打算离开。吉尔还是沉默着，杰克却特别伤心，不住地抽着鼻子，发出“呜呜”的哭声：听到这声音，兰卡心头一震，几乎就要反悔了。但一想到自己现在穷困潦倒，于是，就故意装出什么也不在乎的样子，对自己说：“唉，卖掉也好，要不然仓库里的粮食又要遭殃了！”

很快，陌生人就带着两只小熊消失在远处的森林里。

小熊们走后，兰卡立刻觉得无比寂寞。他不停地安慰自己：“唉，它们好歹走了，这下我可以清静了！”

他将屋子里乱糟糟的东西收拾好后，又来到仓库忙活了一阵儿。最后，他终于清闲下来了。然而，一看到杰克睡觉时用的箱子，他就感觉没有精神了。然后，他又看到了杰克想要进小屋时抓挠过的门。现在，抓痕还在，小熊杰克却不在了。

一个小时后，兰卡就感到失魂落魄了。他不清楚自己想干什么，这儿摸一会儿，那儿摸一会儿，最后，他实在无法忍受，抓起钱包，跳上马就去追那个买熊的男人。两个小时后，兰卡在河边追上了那个男人。

兰卡气喘吁吁地喊道：“喂，等一下，哥们儿！刚才的买卖我不做了，我把钱全额退给你，请你将我的熊还给我吧。”

没想到那个男人却面无表情地说：“是吗？我却对刚才的交易相当满意哦！”

“但我相当后悔，我现在不要你的钱了！”兰卡说着，就把那男人给的50美元扔在了地上，然后朝小熊走去。

杰克听到了主人的声音，兴奋地叫了起来。

“把手举起来！”男人的声音里充满了冷酷与愤怒。

兰卡回头一看，男人手中的枪闪着寒冷的光。

兰卡说："朋友，咱们商量一下好吗？这只小熊是我唯一的伙伴，我们在一起已经很长时间了。假若你将它带走，那么我会十分难受的。如果你真喜欢熊，那么，我也不要你的钱，我把另一只送给你。但请你将杰克留下！"

那个男人压根儿不和他商量，用可怕的声音说："少废话！假如给我500美元，我还可以考虑将它还给你。不然的话，乖乖地朝前走到那边的大树底下去。举起手来，不准回头，快走！"

他的话是那么冷酷，听上去如同真要杀人一样。

兰卡不得不举起双手，眼睁睁地看着自己心爱的小熊被那个陌生人带走了。

小熊的烦恼

人的思维有时的确让人难以捉摸。

当一个人喜欢上一个东西时，总会用尽各种手段得到它；可真的得到后，却又不知道去珍惜，甚至懒得去理会。

就像那个买小熊的人。当初，为了买到杰克和吉尔，尽管花了相当多的钱，但他却认为十分划算。可一旦将自己想要的动物弄到手后，他就开始感觉到无趣，甚至开始讨厌这两只小熊。后来，假若有人愿意给到一半，甚至四分之一的价钱，他就愿意将它们卖掉。

最后，他甚至干脆免费赠送，把它们送给了比尔克罗斯牧场主。当然了，牧场主自然不是白要，而是用一匹马作为回报。如此一来，两只小熊就到了牧场主的家里。

事实上，两只小熊仅仅在那个人手里生活了一个星期。

牧场主回到农场后做的第一件事，就是将两只小熊从筐里拿出来。这时的杰克特别乖，任对方摆布；可是暴躁的吉尔则截然相反，在新主人往它的脖子上套绳圈的时候，它一下子就抓住了牧场主，而且还将他的手腕抓成了重伤。在此后的两个星期里，牧场主只好将受伤的胳膊用纱布挂在脖子上。当然了，吉尔也没什么好果子吃：它立刻被牧场主杀了。

受吉尔的牵连，杰克的日子也不好过，它不但没得到自由，而且脖子上还被套上铁链拴在了院子里的木桩上。这样，它每天唯一可以做的事情，就是孤独地在牧场的院子里来回溜达，生活极其无聊。而且，杰克的活动仅仅是在铁链的控制范围内绕着木桩走，简直太无聊了！

一个星期，两个星期。一个月，两个月。光阴似箭，很快，杰克已经在这个牧场生活了一年半。在这段时间里，杰克过着极其单调的生活，毫无乐趣可言。以前，杰克经常喜欢做一些有趣的动作逗人们开心，可是来到这里后，它好像将那种技能忘记了。

杰克的活动直径仅有不到7米的宽度。尽管它可以看到远处的松林、附近的山冈和近在咫尺的牧场小屋，但对它而言，这些美好的东西都是只能观望而无法触摸的，和它没有任何关系。

当然，杰克也在变化——它的体形不断变大，因此，它睡觉的桶也在不断变换，这是唯一的变化。开始的时候，它是在装奶油的木桶里睡觉；后来，变成了装钉子的大桶；然后，是装面粉的木桶；再然后是油桶。现在，它住在一个巨大的如同一个大洞穴一样的啤酒桶里。

杰克将以前一切可爱的把戏都忘掉了。现在，它唯一会做的滑稽动作，就是将瓶盖打开喝啤酒，并表演给人们看。

事实上，这个牧场的主人还经营着一家旅馆，然而，那些在旅馆里的男人经常是品质恶劣之徒。有时候，这些醉汉们为了找乐子，就想看杰克开酒瓶的动作，还经常让杰克喝一整瓶的啤酒。

杰克总是毫不客气地接过酒瓶，一屁股坐在地上，用两只前掌举起瓶子，“砰”地拔出木塞子，然后，“咕嘟咕嘟”地一口气喝完。

太有趣了！接着，这些无聊的男人们又想出了一个更加有趣的项目。他们将狗带来，想让杰克与狗一决胜负。那些受到怂恿的狗不知好歹地吼叫着向杰克猛扑过去，杰克却毫无畏惧地一下子就跳了过去，打算迎接挑战，动作相当迅猛。

起初，每当铁链被拉直，杰克就会被猛地拖住。这时，其他狗就抓住机会，从后面猛扑上来。为此，杰克吃了不少亏。后来，这种情况多了之后，杰克也变聪明了，它改变了与狗的作战方法。

每逢狗挑衅的时候，杰克就靠在大桶前缓缓地坐下来，静静地看着汪汪大叫的狗群，表现出一副毫无兴趣的样子。当无知的狗靠近它时，杰克就会突然跳起来，迅速扑向狗群，将它们打散。

由于狗群是聚集在一起的，在仓皇逃窜的时候，它们彼此拥挤碰撞，因此，落在后面的狗就来不及逃跑。杰克于是趁乱将没逃掉的狗抓到，然后痛快地大开杀戒。如此一来，杰克杀死的狗越来越多。慢慢地，男人们便不再将他们的狗带来与杰克打架了。

在这个过程中，杰克还令两个男人倒了大霉。它把一个打成了重伤；而另一个因为喝了酒，嚷着要和杰克一决胜负，结果杰克差点儿把他打死。因此，现在的杰克已经成为大家公认的性格暴躁的“杀手熊”了。

但情况也并不都是这样。有一次，大家对于发生在杰克身上的一件事情感到十分意外。

那天晚上，牧羊人费科在酒吧里喝多了，惹得同伴们相当不高兴。于是，这些人想了点儿办法，想让费科快点儿出去。后来，费科脚步不稳地从酒吧里逃到了院子里。他的同伴们也脚步不稳地出来了，但费科却不见了。

酒鬼们想：或许，费科掉到后面的河里，死了。于是，他们就纷纷返回了酒吧。

第二天一大早，旅馆的厨师刚来上班，就听到院子里的说话声："喂，往那边靠靠，挤死我啦！"

厨师感到非常奇怪，循着声音走过去，发现声音竟来自杰克的大木桶里。而且，大木桶边还有一只人的胳膊，同时还传来了杰克的"呜呜"声。

厨师被吓了一跳——原来，费科跟熊一起睡了一宿啊！

他赶紧把这件事告诉了大家，想叫费科起来。出乎意料的是，杰克不同意，它瞪着大眼睛看着大家，嘴里还发出"呜呜"的叫声，好像认为周围的人在和它争抢这个与自己睡在一起的醉汉。

最后，费科被争吵声惊醒了。当他发现身边的这个庞然大物时，他吓得浑身发抖。这时，杰克还在桶外替他站岗呢！随后，费科缓缓地站起来，从熊的身体上跨过，小心地来到了外面。

然后，他就义无反顾地拼命逃走了。

独立纪念日

后来，杰克的主人想，与其白白地养着杰克，不如从它身上赚一些钱。没过多久，机会就来了。每年的美国独立纪念日——7月4日就要到了，杰克的主人想到了一个赚钱的好办法，他宣布："为了庆祝美国独立，一场经典的对决将在纪念日的这一天举行，那就是世界上最强壮的牛与世界上最凶猛的熊之间的对决！"

消息就这样一传十、十传百地传播出去。那一天，来自加利福尼亚州各个地方的人们汇聚到此，现在，牧场中的每一个设有观众席的地方都要收费。牧场主还准备了很多铺着干草的货车，坐在那里看表演视线最清楚，而坐在那里的客人的收费标准是每人1美元。马厩的屋顶、仓库的房顶也都安排了座位，坐在那里的人每人收费5美分。

为此，原先破旧的栅栏和松动的木桩也都被粉刷一新，看上去还颇有些竞技场的样子呢。

那天，人们将一头最强壮的公牛挑选出来，在经过一番挑逗，让它变得怒气冲天后，开始让它和杰克对决。牧场主认为，杰克一定打不过公牛，又不想让它被弄死或弄伤，加上担心杰克逃跑，于是就给杰克套上套锁，捆住了它的四条腿。随后，人们将杰克脖子上的锁链和项圈解下，把它塞进了大木桶里，并盖上盖子，还在外面钉上了钉子！最后，装着杰克的大木桶被推到了竞技场里。

前来观看公牛与灰熊大战的人们纷纷下赌注。观众五花八门，有打扮得如同孔雀一样花哨的加利福尼亚牧人，有农夫和一些牧场主，就连淘金的工人也暂时放下手头的工作前来观看，放羊的墨西哥人和城里的商人也纷纷赶来了。

戴牛仔帽的那个人将宝押在了公牛一方，他认为强壮的公牛是无敌的，其他动物都无法战胜它。而且，放养的公牛更是力大无穷。

然而，曾经遇到过灰熊的山里人却极其轻视他的观点，他说：“一看你就不懂，公牛是不可能打败灰熊的！我曾亲眼见过灰熊斗马匹，灰熊可以将马一掌拍到遥远的河对岸去。公牛压根儿不会赢！”

大家纷纷拿钱下注。

等一切准备就绪后，牧场主大喊一声：“现在，比赛正式开始！”

牛仔彼得先是将一捆荆棘拴在公牛的尾巴上，如此一来，公牛一摇尾巴就会被荆棘刺得难受。这样，它就会越来越愤怒，达到怒不可遏的程度。

这时候，人们开始将那个大木桶骨碌碌地滚动过来，里面的熊也开始发怒。接着，牧场主让人在栅栏旁边将桶盖撬开。尽管相当生气，但大桶盖子打开后，杰克还是不愿意出来。它认为外面聚集的人太多，而且这些人吵吵嚷嚷的，很不对劲儿，因此，它一时无所适从。为此，杰克干脆待在木桶里纹丝不动。

看到这种情景，押公牛赢的人认为，杰克一定是由于恐慌而不敢出来了，于是一起起哄，发出了嘲笑的欢呼声。

人们的喊声让公牛更加生气了，它径直跑到了大桶的旁边，靠近木桶一看，发现里面竟然是一头大灰熊。于是，公牛发出“哞——”的一声后，突然转身向广场对面跑去。

这时候，押杰克赢的人们又开始嘲笑起了公牛。

但，杰克还是不肯出来。观众急了，大声嚷嚷着：“快叫它们打呀！”

于是，彼得将一支庆祝节日用的鞭炮塞进了杰克待着的木桶里。只听“噼里啪啦”的一阵爆响，鞭炮开始爆炸了。

里面的杰克被吓了一跳，马上就从木桶里逃了出来。

这时，公牛正站在竞技场的中央，显得极其威风，而当它看到杰克忽然向着自己的方向奔过来时，还认为它是冲着自己来的呢，慌张之下，它飞快地逃到木栅栏的角落里去了。

观众们还认为它们开始比赛了呢，于是站起身来纷纷鼓掌助威。

事实上，灰熊具有两种特别的习性，一是反应相当快，可以迅速做出判断；二是一旦拿定主意，就会立刻行动。

此时，杰克的头脑中很快就生出了一个想法，而且，这个想法在公牛还没有退到木栅栏的时候就已经成型了。它向四周看了看，找到了木栅栏边一个最容易爬上去的地方，那里有一根钉在木栅栏上的横木。

接着，出乎意料的事情发生了：杰克仅仅用了3秒钟的时间就跑到了横木前，然后，在2秒内越过了横木，再用1秒钟的时间冲向观众席。

看到来势汹汹的大灰熊，观众们马上四散奔逃，人叫声和狗吠声响成一片。大家全都向马棚跑去——马棚里是空的。原来，为了避免比赛时让马受惊，牧场主提前将马都赶到了远离竞技场的地方。

趁着大家乱成一团，杰克目标明确地冲向了山冈。当它跑了一段距离后，一大群人马从后面向它奔了过来，而且还在大喊大叫呢！

杰克很快跑到了小河边，一下子跳进了水里。水流非常急，尽管那些狗闻着味道追到了河边，却不敢跳进湍急的河水中。于是，杰克一直游到了对岸，然后穿过高高低低的山路，一路翻山越岭，跑到了松树林里。

来到山里的杰克不断地向高处爬——那一刻，那些受欺负、被锁链束缚的日子从此成为遥远的回忆。

7月4日是美国独立纪念日，出乎意料的是，灰熊杰克也正是在这一天开始了自己的独立生活！

9米高的熊

从出生到现在，杰克并没有真正独自在大自然中生活过。但它受到与生俱来的本能的指引，行走于灌木丛中，甚至知道哪些植物可以吃。

为了躲避猎人的追击，它又逃到了山的更高处。

下午的阳光烘烤着大地，因此到处都热乎乎的，杰克略作休息后就继续前进了。在它的心灵深处，一种力量驱使着它躲避危险。天慢慢地黑了下来，而灰熊并不惧怕黑暗。就这样，杰克时而歇息，时而吃东西，时而行走，最后到达了这座山的最高处，也就是它出生的地方——塔克拉山附近。

凭借着本能，杰克终于回到了它的故乡。

杰克已然记不清小时候见到的东西了，但它用鼻子嗅到的气味却令它记忆犹新。

回到塔克拉山以后，杰克每天吃的都是些草根、野草莓之类的东西。所以，它对于肉的气味极其敏感。

一天夜里，羊的气味被风送了过来，杰克很快就发觉了。

天终于黑了，杰克开始循着气味的方向向山下走去。它穿过松林和岩石林立的山谷，发现昏暗的山谷中闪烁着微弱的火光。

杰克知道那是人们点起来的篝火。它曾经在牧场的时候看到过。

杰克轻手轻脚地从山上下来，来到可以看清楚的地方，仔细一瞧，嗬，狗和人正在篝火旁边睡觉呢！越往前走，羊的气味就越浓。真奇怪呀，杰克没有发现一只羊的影子。谷底仅有一池灰色的水，水面倒映着夜晚闪烁的星星，而杰克也没听到流水的声音。

杰克走上前去再一瞧——啊，这根本不是水，而是一群白色的羊，而那闪光的星星正是一只只羊的眼睛！看到了羊，杰克相当干脆地踩着矮树直接向羊群冲了过去。

“咩——咩——”羊慌乱地叫嚷着，向四周逃散。听到动静的狗和人也都跳了起来，狗狂叫不止，牧羊人也慌忙开枪。咦？发生什么事了？牧羊人却不明白。原来，就在枪声响起的那一刻，杰克早就叼着一只羊冲出去，不见了踪影。

杰克第一次吃到羊肉，羊肉的味道美极了！后来，每当馋了，想吃羊肉了，杰克就会走下山，在它那灵敏的鼻子的指引下，找到那种美味的东西。

牧羊人佩德尽管是牧羊人，却压根儿不喜欢羊。对他而言，放羊只不过是养家糊口的职业，他是没办法才做的。而羊呢，仅仅是一种可以变为钱的东西。

每天，佩德总要清点羊的数目，就如同商人清点货物、查点账目一样。因为他放牧的羊数目太多，达3000多只，因此，清点的任务就相当繁重，甚至还经常数错。最终，佩德想出了一个巧妙的办法，那就是给每100只白羊配上一只黑羊。这样，100只白羊就在一只黑羊的带领下，每天仅需清点黑羊的数目，假若达到了30只，那就万事大吉了。

最初的时候，杰克每次会杀死1只羊，结果，一连三次都没有问题——原因相当简单，因为它每次杀的都是白羊，佩德甚至还不清楚有羊被杀死了。但凑巧的是，杰克第四次杀死的是1只黑羊。这样一来，佩德很快就发现羊少了，因为黑羊仅剩29只了。

他大吃一惊，要是按照他的算法，1只黑羊顶100只白羊，那么，丢了1只黑羊，就相当于100只白羊不见了！

这下，他吓坏了，不由得失声喊道："坏啦！100只羊被杀死啦！"

牧羊人有自己的规矩，一旦认为某个地方不好，就要另外换一个地方来牧羊。佩德想：附近肯定有什么动物在偷吃他的羊。于是，他就将羊群赶到别的地方，并且，在口袋里塞满了小石块。这些石块可以用来赶羊，也可以用来自卫。

傍晚的时候，他终于到达一个新的地方。这里是一个山谷，周围全是高高的悬崖，好像一个天然的放牧场，极为适合带着羊群过夜，因为羊群无法逃出他的视线。所以，佩德将羊群赶入山谷，又在山谷的入口处生起了火。

这一天，佩德赶着羊群走了15千米的路。对羊来说，这已经相当于一次长途旅行。而就灰熊而言，这只不过是两个小时的脚程。尽管无法看到15千米以外的羊群，但是，凭借着灰熊所拥有的灵敏嗅觉，它却相当清楚羊群跑到什么地方去了。

这时，杰克还没有吃晚餐，简直饿坏了，于是，它就循着羊群的气味跟了过来。

而佩德呢，他将羊群赶到山谷里后，就在篝火边吃起了晚餐，然后，他心安理得地睡下了。可是半夜的时候，狗叫声将他惊醒了，他睁开眼睛向对面一看，不由得大吃一惊。眼前竟然立着一只大怪物，足有9米高！

狗早就吓跑了，佩德更是吓得要命，于是他趴在地上，双手抱头，瑟瑟发抖。

事实上，他压根儿没有看清楚眼前的怪物。他觉得自己看到了一头熊，而实际上那只不过是熊映在后面悬崖上的巨大的身影——而被拉长的影子达到9米高也是正常的。

过了一会儿，他心惊胆战地抬起头，发现9米高的大熊已经不见了。随后，慌乱嘈杂的声音从羊群中传来。佩德抬起头，发现一头普通大小的熊正在追着羊群跑。他不由得感叹：刚才的怪熊可真够大的呀，连它的孩子都和普通的熊一样大呢！

第二天一大早，佩德去找逃散的羊，结果发现黑羊少了2只。按佩德的算法，1只黑羊就等同于100只羊，那就是说，大怪熊一转眼就将200只羊吃光了！

顺着羊的脚印，他走了好几千米的荒地才到达了一个口袋形状的小山谷，而逃散的羊全都站在高高的石头上面。

原来羊还活着！佩德感到很高兴，打算走上去将羊群赶下来。然而，让他感到奇怪的是，不管他怎么喊叫，

那些羊就是不愿意下来。无奈之下，佩德不得不爬到高处，将羊拉了下来。但羊刚一走到山谷的入口处，就好像突然害怕什么似的，马上又慌里慌张地跑回了高处。

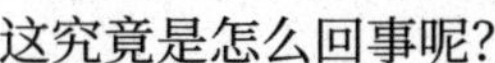

这究竟是怎么回事呢？

佩德经过仔细观察后才弄清楚，原来，谷底有熊的脚印。羊因为看到了脚印，并闻到了灰熊留下的气味，因此产生了极度的恐惧，就算是被拉了下来，一旦获得这些信息，它们还是退回了山顶。

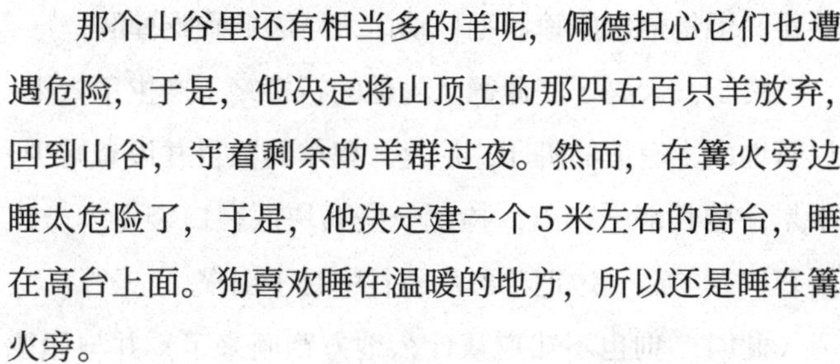

那个山谷里还有相当多的羊呢，佩德担心它们也遭遇危险，于是，他决定将山顶上的那四五百只羊放弃，回到山谷，守着剩余的羊群过夜。然而，在篝火旁边睡太危险了，于是，他决定建一个5米左右的高台，睡在高台上面。狗喜欢睡在温暖的地方，所以还是睡在篝火旁。

深夜的时候，佩德被冻醒了，他冷得全身发抖。他既羡慕睡在篝火旁边的狗，又害怕熊，所以，还是没敢从高台上下来。

就这样，他整晚都没有睡踏实。

黎明的时候，睡在篝火旁的狗突然跳了起来，疯狂地叫了起来。羊群也开始骚动起来，好像充满了恐惧，而且不断地后退。而那个巨大的黑影再次出现在佩德的面前。出于习惯，佩德将枪握紧。他突然想起：那头大怪熊足有9米高，自己的高台只有5米左右，假若一开枪，不就将自己暴露了吗？如果受到攻击，自己就会马上被那头大怪熊吃掉。

现在绝对不能开枪！怎么可以拿自己的性命开玩笑呢？那可就真成大傻瓜了！

于是，他马上收起枪，趴在高台上，纹丝不动，嘴里还不停地小声祈祷着："上天啊，尽管从前我做过不少坏事，但是请您原谅我吧！别让大怪熊把我吃掉啊！"

终于，天亮了。佩德认为他的祈祷终于产生了效果。尽管地面上有熊的脚印，但是，黑羊的数目并没有减少。于是，他长舒一口气，捡起一些石块放在口袋里，一边用石块赶羊，一边把羊群从山谷中赶了出来。

此时，狗也不知道从什么地方跑回来了，并与佩德一道前进。佩德用石头扔狗，并大声叫道："你这胆小鬼，赶羊去！不许偷懒！"

兰卡

佩德赶着羊继续向前走，到达了一块平地。此时，他发现，一个男人坐在高高的岩石上。于是，佩德向那个男人挥了挥手，等走近一看，他才发现竟然是猎人兰卡。

当然，这个兰卡就是那个当年抚养小熊杰克的猎人。

两人一见面，都非常高兴，开心地聊着，交流着不同的信息，像羊毛的价格啦，公牛和灰熊的比赛失败啦，以及刚刚发生的佩德的羊群被大怪熊袭击啦，等等。

佩德后怕地说："我从没见过那么大的熊，哎呀呀，它就和魔鬼一样可怕！"

听到这里，猎人兰卡感到十分好奇，就继续问了下去。于是，佩德就极其夸张地讲述起了这头大熊。他声称大熊就是魔鬼，身高9米，一个晚上就把他的200只羊吃掉了！而且，这家伙相当狡猾，甚至还将那个口袋形状的山谷当作了自己的粮仓。

开始，兰卡将双眼瞪得大大的，吃惊地听着，后来就感觉不大对劲，于是问道："我说佩德先生，你是不是在说梦话呢？"

佩德显得特别不高兴，说："你竟然说我骗你！如果不信，咱们可以打个赌。"

说着，佩德将装在身上的皮口袋里的一瓶金砂拿了出来，继续说："为了证明我是诚实的，我们就来赌这些金砂吧！假若我撒谎，这一瓶子的金砂就归你了。"

兰卡想了想，说："我手头上可没有能作赌注的钱。这样吧，假如我将那头大熊打死了，你就把瓶子里的金砂给我。怎么样？"

"没问题！就这么定了。你最好再把那些可怜的羊都给我带回来，否则，它们都会在口袋山谷里饿死的。"

"好，就这么办！"兰卡答应下来。

两个人就这么说定了。

佩德明白，若兰卡决定追赶猎物，不管遇到多大的困难，付出怎样的代价，他都会坚持下去。假若只用少量的金砂就可以将大熊杀掉，让羊的安全得到保证，那这笔买卖还是相当划算的。

就这样，兰卡开始了追捕自己抚养的小熊杰克的历程。

尽管以前杰克和兰卡是极好的伙伴，可是现在，杰克已经长成了一头成年的灰熊，因此，兰卡也不知道自己今后所要猎捕的对象就是当年的小熊杰克。

很快，兰卡就到达了口袋山谷。后来，他也的确发现了站在岩石上的羊。除此之外，他在入口处发现了两只刚被吃掉的羊的残骸，附近还有很多熊的脚印。这些脚印大小是中等的，他并没有发现佩德所说的那头大怪熊的脚印。

兰卡试着将一只羊拽了下来，可是，这只羊马上又爬到了高处。他费了九牛二虎之力将一只羊拉下来，然后，这只羊却再次爬上了岩石。就在这时，兰卡想出了一个好办法。

首先，他割了些荆棘做成围栏，把羊逐只从岩石上拉下来，圈了进去。然后，他将最后一只留在了山谷的岩石上，而且在走之前，他还把口袋山谷的入口堵住了。

就这样，他实施了计划的第一步。

在把围栏中的羊放出来后，兰卡将羊都赶到了佩德那里。佩德相当高兴，爽快地把瓶子里的一半金砂给了兰卡。

当天晚上，两个人一起住在佩德那里，但熊并没有出现。

第二天一早，兰卡又回到了口袋山谷。就像他预料的那样，熊果然把留下的那只羊吃掉了。他推断，那头大灰熊一定还会回来吃剩余的那部分羊。于是，他在熊要走的路上撒上些干燥的小树枝，然后，在附近5米高的树上搭了个平台。他在台子上铺上毛毯，黄昏后便爬了上去，裹着毛毯睡下了。

兰卡懂得相当多与熊相关的常识。他知道，一头老熊一定不会一连三个晚上都到同一个地方。假如是一头狡猾的熊，它也不会再次到吃剩下的猎物那里去，因为人会在剩余的猎物上下毒，或在附近设置圈套。还有，倘若是一头经验丰富的熊，看到以前走过的地面上出现了异常的东西，也一定会掉头走掉。

灰熊杰克不但年轻，而且也不狡猾，还缺乏经验，于是到了晚上，它便大大方方地回到了吃剩下的猎物这里。算起来，它已经是第四次来到这个山谷了。

杰克非常想念这个香味扑鼻的地方，因此尽管还闻到了一点儿掺杂在其中的人的气味，但它没有在意。

“咔嚓！”

杰克踩到一根干枯的小树枝的声音将兰卡惊醒了，

他马上从台上坐起来了，并将枪端起，全神贯注地瞄准了越来越近的黑影。

“咔嚓、咔嚓”的声音不断地传来，不一会儿，那个巨大的黑影就走到了羊的尸骸附近。

终于，兰卡扣动了扳机。

杰克在发出一阵急促的喘息声后，就转身向树林里逃去，消失在夜色中。兰卡还能听到它偶然间撞到树木的声音。

这是灰熊杰克首次被枪打中，而打它的人就是当年抚养它的兰卡。实际上，杰克和兰卡相互都不知道。子弹射穿了杰克的脊背，它感到疼痛的同时还分外窝火，于是，它吼叫着越过树丛，一口气跑了一个多小时后才想起躺下来舔伤口，可因为够不着，它不得不将身体靠在树干上摩擦起伤口。

然后，杰克站起来接着向前走，一直走到了塔克拉山。它找到了一个洞穴，躺了下来。而伤口还在一跳一跳地疼，杰克实在无法忍受了，于是，就在地上打起滚来。

相遇

也不清楚杰克是如何熬过那个难以忍受的黑夜的。

早晨，太阳高高地升起，杰克还在洞中忍受着痛苦。这时，杰克忽然闻到了一股烟火的气味。这种气味越来越强烈，很快，浓烈的烟气就冲到了杰克周围，让它呼吸困难，眼睛也几乎无法睁开了。外面的烟还在一直向洞里涌。杰克将位置一点点地变换着，继续向洞穴深处移动，最后，他由另外一个洞口跑了出来。这地方和原来的入口距离特别远。

出来后，杰克回头一看，原来的入口旁边有一个人正在拿着木头往火堆里扔呢，而且他还在不断地煽火，想让烟吹进洞穴里面。闻了闻风吹来的气味，杰克清楚了——这个人和昨天向自己开枪的那个人是同一个人。

于是，杰克开始向远处跑。不过，烟火并未因此而减少，只过了两个小时，杰克的四周又开始浓烟滚滚了。而且这次，就连鹿、兔子和小鸟也都不断地跟着跑了过来，它们跑得飞快，从杰克的身边一闪而过。隐约中，它还听到了狗的叫声。于是，杰克也加入了那些拼命奔跑的动物的行列。

这时，轰隆隆的响声由天空中传来，那声音越来越大，越来越近。周围全是“噼里啪啦”的声音，熊熊的火焰越来越猛烈。整个森林都燃起了大火，火借风势，燃烧得更加猛烈，火势迅速蔓延开来。

热风从杰克的身后吹了过来，猛烈地追赶着它。杰克从来不曾见过这种阵势，感到特别害怕，本能却告诉它：“赶快跑吧，不跑就完蛋了。”

于是，杰克拼命地奔跑起来。

不久，它的周围变成了一片火海，许多小鸟、野兔和鹿都被火烧着了。不少的小动物也由于跑得太慢被烧伤了。因为灌木丛也在燃烧，所以，杰克身上的皮毛也被火烧焦了。这时，急于逃命的杰克已经将自己曾经受伤的事儿忘了。

大火就这样追逐着杰克，它在森林里拼命地奔跑着，双眼已经被熏得无法看清东西了。它失去了方向感，只顾一个劲儿地向前跑，前面的树越来越少，很快，它就已经跑下河堤，跳进了河里。

杰克的身上还带着火，下水后，身上便发出了“嗞嗞”的声音。

杰克时而潜入水中大口地喝水，时而将脑袋露出来，大口地呼吸着空气。太舒服了！森林里喷出来的火焰和热风无数次地由水面上掠过，偶尔还有火星纷纷落下来。

其他动物也都接连不断地跳到水里，有的因为身体都被烧焦了，于是刚挨到水便死掉了，有的还在苟延残喘。小的动物就趴在岸边，大的动物则跑到了河中央。当杰克再次将脑袋露出水面的时候，竟然闻到了一股熟悉的气味。杰克对这种味道记忆深刻，就算将整个森林都燃尽，它也会牢牢记住这种气味。

可以确定，这种气味是属于打伤它的猎人的。而事实上，杰克并不清楚，这场大火就是因为这个人引起的。为了将杰克从洞中驱赶出来，或者用烟将杰克熏死，他点燃篝火，进而引发了森林大火。

现在，这个人从与杰克相距3米左右的水中伸出头，看着杰克。人和熊就这么彼此打量着。燃烧的空气热得他们简直无法忍受，很快，他们再一次同时潜入了水中。

半分钟后，杰克再次露出了脑袋，那个人也露出了头。他们之间的距离比刚才远了，双方都长出了一口气。

火势凶猛，燃烧的声音如同暴风雨一样。一棵大松树倒进池塘，差一点儿砸在兰卡身上。松树带着一股热气，朝兰卡这边冲了过来，于是，他只好向杰克靠近了一些。又一棵松树在压死了一只狼以后，倒在了刚才的那棵松树上，两棵树马上燃烧起来，杰克也只好向兰卡靠近了一些。

现在，人与熊相距特别近，简直可以触碰到对方了。

它们双方都互相提防着。兰卡的枪被丢在了岸边，手里仅剩一把刀。他就始终握着刀子想保护自己。事实上，他是在杞人忧天。火势那么凶猛，炙烤得让人无法忍受，他们只好每隔几分钟就将脑袋埋到水里，谁也没有时间和精力去对付对方。

过了一个多小时，森林中的火势慢慢地弱了，温度也降了下来，可以勉强由水中出来了。首先出来的是杰克，它跑到了焦黑的森林里。从它的后背流出的鲜血将池塘里的水染红了。兰卡在看到杰克后背的伤口后才知道，原来，这头熊就是昨天晚上在山谷中被自己打伤的大熊。

杰克离去后，兰卡也从河对面爬上了岸，向相反的方向跑去。

这场大火将塔克拉山西侧的森林烧毁了。

兰卡仅仅想把熊从洞里熏出来，没想到，自己也由于大火而倒了霉。他的小屋原本处于塔克拉山西侧，现在也没法住了。于是，他不得不在山的东侧新建了一个小屋。当然，原本在西侧生活着的野兔、鹿、雷鸟等大大小小的动物们也都搬到了东侧。

杰克也一样！现在，它背上的伤好多了，可它无法忘记枪的气味，那是一种特别危险的气味。

亲人和仇敌

一天，杰克在山坡上走着的时候，忽然嗅到了人的气味。一群雷鸟正从它附近离开，悠然地飞向远处的矮树丛。这时，杰克听到了“砰”的一声枪响，很快，一只鸟扑棱着翅膀落在了它的身旁。

杰克向前走了一步，正想闻闻雷鸟的气味，就在这时，一个人由对面的灌木丛里忽然跑过来。人与熊仅相隔3米远，因此一眼就可以将对方认出。

就兰卡而言，面前站着的就是那头大灰熊，它的毛皮被烧焦，背部带着自己在山谷中给它留下的伤疤。对杰克来说，它根据那个人身上的气味和枪的气味判断出，这个人就是那天晚上伤害自己的人。

杰克反应相当快，马上就站了起来。兰卡被它吓了一跳，一看形势不对，马上逃跑。惊慌之中，他被地面的树枝绊住了，摔倒在地上。于是，他把脸紧贴着地面，装作死了的样子，一动不动。

杰克举起前掌，正打算狠狠地抽打。而这时，一股久违了的气味钻进了它的鼻子，那是一种它相当在意的气味，很久之前，它曾十分熟悉的一种气味——那也是一种让它无比怀念的气味！小时候，它曾在兰卡的小屋里度过了一段最快乐的时光。

随后，杰克的一切愤怒都烟消云散了。它马上改变了主意，不去碰地上的男人，而是转身慢慢离开了。

而兰卡可不这么认为，他还认为是由于自己装死的计策骗过了那头大灰熊呢！杰克走后，他悄悄地抬起头朝周围看了看，确认熊真的离开了，这才站起身来，手里还紧紧地握着枪。

兰卡打算继续追捕杰克。这一次，他把好朋友老罗叫上了。老罗还带着他那条黄色的杂种狗——杂种狗是极其擅长追踪动物的脚印的。

兰卡和老罗准备好野营的工具和粮食就进山了。很快，他们就弄清楚了那一带动物的情况——有很多的鹿，只有少量的熊。

兰卡沿着湖岸找到了熊的脚印，对老罗说："对了，这是它的脚印。"

"佩德不是说那家伙有9米高吗？"老罗感到特别有意思，问道。

“或许他是在晚上看到的，而且看到的仅仅是映在岩石上的影子。事实上没有那么夸张，站起来的话最多也就2米吧。”

“那就让狗追上去吧！”

过了一会儿，狗开始发出奇怪的叫声，并跟着脚印往前走。兰卡和老罗一面大声地喊着，一面从后面追了上去。

“嗨，别跑得那么快，等等我们！”

与此同时，1500米远处的杰克听到了他们的声音。

杰克听到了狗和人的叫嚷声，开始顺着自己的脚印往回走，想看看后面究竟发生了什么事情。这时，狗和人的气味被风吹来。杰克努力地抽动着鼻子，捕捉到了两种气味，一种是自己特别讨厌的人和狗的气味，一种是猎人身上让它感觉亲切的气味。

事实上，杰克早已将以前欺负过它的人和狗彻底忘记了，而现在，一闻到这种气味，杰克又把他们想起来了。所以，杰克很快做出了一个决定——追赶那三个家伙。

杰克很快就追上了他们，然后跟在他们后面，与他们保持着一定的距离。别看杰克的个头儿特别大，但它的脚落地的时候却一点儿也没有声音。在前面奔跑的人和狗压根儿没发现它就跟在后面。

可是，很快风向就变了，狗嗅到了后面传来的熊的气味。于是，它猛然站住，然后转过身去，向着来时的方向跑去。

两个猎人感到很吃惊。老罗喊道：“哎呀，这究竟是怎么回事？莫名其妙！”

“肯定是狗发现熊了。没错，一定是狗发现熊了！”就在兰卡说这话的时候，狗已经消失了。

杰克听到狗的狂叫声，知道它正冲着自己跑过来。小时候，这只杂种狗欺负过它，因此它认定对方身上有一种极其讨厌的气味。就在这时候，杰克又闻到了那种讨厌的气味。

于是，杰克马上藏到了树丛后面。

很快，杂种狗跑近了，就要通过树丛时，杰克突然由树丛里冲了出来，一下子将狗压在了身子底下。这种方法几年前它就用过，但不同的是，当年的杰克是小熊，现在的杰克已经是一头大熊了，体重也比以前增加了许多倍。结果，就这么一压，狗马上就一命呜呼了。

如此一来，森林里猛然安静下来，再也无法听到狗的叫声。兰卡和老罗都不清楚应该去什么地方了。

最后，他们到处寻找，用了很久才找到了那只杂种狗。而这时，那只狗已是支离破碎了。看到现场，他们很快就明白了：熊压死了狗。

老罗看到自己的爱犬被压死了，特别生气，气愤地说:“这头大灰熊太可恶了，我一定要报仇！”

兰卡说:“看样子，一定是它把佩德那些羊咬死的。这家伙太狡猾了！我一定要杀死它！”

后背的伤

因为狗被打死了，他们不得不更换狩猎的方法。他们决定，用挖陷阱的方法来对付杰克。在找了好几个地方后，他们决定在一块位于两棵树中间的空地上工作。确定了目标后，兰卡负责回帐篷取斧子，而老罗则留下来做一些准备工作。

快到营地的时候，兰卡忽然看到一头大灰熊就位于对面的山坡上，而且正坐在地上俯视着他们的帐篷。再仔细一看，那家伙就是上次遇到的那头大灰熊。真是巧啊，兰卡和杰克就这样隔着帐篷相遇了。

兰卡不顾一切地走近，拿起枪就向杰克瞄准。就在他要扣动扳机的一刹那，杰克抬起头，翘起后腿，开始舔自己的后脚掌。

这是一种相当容易被击中的姿势。兰卡马上将子弹射出。

随着一声枪响，子弹略偏了一点儿，打掉了杰克的一颗牙齿和一根脚指头，没打中杰克的面部和头部。杰克感到嘴巴和后脚上的剧烈疼痛，马上跳了起来，发出了急促的喘息声。忽然，它看到了对面的人影，于是大吼着从山坡上跑了下来。

兰卡赶紧爬上树，摆好了射击姿势，打算在树上干掉杰克。

然而，奇怪的是，这头大灰熊并没有向他跑来，而是冲进了帐篷。它真的是气疯了，看什么都不顺眼。它一巴掌就把帐篷打飞了，里面的罐头也随之散得到处都是。装面粉的口袋被撕开了，面粉如同烟雾一样四处飘散。装子弹的口袋也被弄坏了，子弹被撒到了篝火中。

杰克还发现了一个瓶子。它极其熟练地拔起上面的木塞，然后嘴对着瓶口就喝了起来。不过，瓶子里的东西好像不合它的口味，于是，它把含在嘴中的液体一下子喷了出来，并打碎了那个瓶子。

这时，被扔到火里的子弹开始爆裂。这种声音吓了杰克一跳，由此让它想起了什么，于是，它立刻从帐篷里跳了出来。

就在杰克发泄完了打算离开的时候，树上的兰卡再次向它开枪。这次，他对准的是熊的后背。但就在他扣动扳机的时候，杰克恰好转了个身，于是，子弹击中了杰克的侧腹。杰克又受伤了，于是大叫着跑进了森林。

这次，杰克的嘴、脚趾和侧腹都受了伤，真的是遍体鳞伤。

杰克把帐篷里的东西弄得乱七八糟，想收拾干净怎么也得一个星期的时间。所以，兰卡他们无法在这里继续狩猎了。

兰卡和老罗决定重新制订计划，购买粮食和子弹，准备再度进山。

杰克回到森林后就躲进树丛中。它忍着剧痛，一整天都一动不动地待在那里。可是，第二天，它太饿了，不得不从树丛中走出来找吃的。

杰克走在狭窄的道路上，忽然嗅到了一种讨厌的人的气味，而且还听到了马蹄声。杰克低吼了一声，流露出极度的愤怒，真想立刻去报仇。可考虑到自己体力不支，极有可能打不过他们。真不知道怎么办才好。于是，它就在过道上坐下来。

过了一会儿，牛仔纵马过来。他的马因为发现了堵住去路的那头大灰熊而恐惧地站住。很快，牛仔也发现了眼前的这头大灰熊。他将缰绳拉紧，让马稳稳地站住。牛仔相当熟悉山里的事情，因此，尽管带着手枪，但他知道，这时不能轻举妄动。

于是，牛仔就用印第安人惯用的手段和熊说话：“我说熊啊，我可压根儿不想伤害你哦，你让我和我的马儿过去，好吗？”

杰克低声地“呜呜”吼叫着，吓唬了牛仔很长时间。

牛仔继续和它说话：“你将我的去路挡住了，麻烦你让一下，好吗？”

杰克还在低吼，但已经不是在威胁对方了。等它确信对方并不是敌人，不会对它造成伤害的时候，它就发出一声低低的吼叫，然后，慢悠悠地站起身，由旁边的斜坡慢吞吞地走下去了。

这段时间，杰克一直在抽着鼻子到处乱逛。它在寻找食物，等伤慢慢地养好。现在，它已经相当熟悉草莓、树根、雷鸟，还有鹿的味道了。有一天，它正在赶路的时候，忽然闻到了风中传来的一种独特的气味，那种气味香喷喷的，特别美妙，于是，它就沿着那种气味走了过去。

这种好闻的气味的源头是一块平坦的草原。那里生活着一些活的动物，个头儿与自己相差无几，累计有5头，有红色的和红白相间的。而杰克以前从来没有见过它们。不用说，那是一些牛。看到它们行动起来慢吞吞的样子，杰克压根儿没感到恐惧，因为它们一共就5头。刹那间，想要偷袭猎物的本能让杰克激动起来，它真想把它们中间的一头弄来当食物。

杰克转到了下风口，如此一来，它就可以特别轻松地闻到对方的气味，而对方却压根儿觉察不到自己的气味。树林的边缘处有一个可以喝水的地方，杰克在那里喝了一些水后，就钻进附近的灌木丛里，仔细地观察着对面的情况。

就这样，一个小时过去了，太阳就要落山了。牛继续吃着草，而其中一头略小一点儿的牛缓慢地向着有水的地方走去。杰克很紧张，它将姿势摆好，随时打算进攻。

那头小牛与杰克的距离越来越近，杰克想着是不是它发现了自己。

事实上，杰克的担心纯属多余，小牛仅仅是因为口渴才来杰克藏身的灌木丛旁的小河喝水的。

等对方离自己更近一些的时候，杰克猛然从灌木丛中跳出，上去就给了对方一掌。巧的是，这一掌恰好打在牛角上，结果，杰克的前掌被弄得生疼。杰克不了解牛，不清楚牛角是一个相当硬的东西。不过，那头牛的牛角已经被打断了，牛也倒在了地上。杰克被弄疼了，于是咬牙切齿地冲着倒在地上的牛又来了一掌。这下子，那头牛真被打死了。

其他的牛因为目睹同伴被害，吓得纷纷逃掉了。杰克带着战利品回到了山中。接下来的一个星期，它靠吃牛肉慢慢地养伤。

一个星期后，杰克恢复了健康。

圈套

和以前一样，杰克又可以到较远的地方捕食了。现在的杰克已经是一头成年灰熊了，它的领地也越来越大，于是，它在走过的地方都留下了自己的气味。

偶尔，也会有其他熊来挑衅，但结果多以杰克的胜利而告终。所以，杰克的对手越来越少了。

猎人兰卡又追踪了杰克几次，他由脚印上发现，杰克不同于其他熊——杰克的前掌和后掌上都有一块圆形的伤痕。灰熊经常用后腿站起来在树干上蹭后背，或者用前腿将树抱住，这时，它会用后掌挠树，于是，一些痕迹被留了下来。兰卡就是因此而发现了灰熊前掌和后掌的伤痕情况。

除此之外，那次他在营地开枪打伤杰克后，也知道它的门牙断了。因此，仅需查看一下熊咬树后留下的印痕，他就清楚杰克是不是曾经来过这里。

兰卡和老罗决定，再次对灰熊展开捕猎。他们找到了一些合适的地方设置圈套，然后，他们将砍下的圆木组装起来，做成了十分结实的木箱。他们还在木箱的入口处安装了用木板做成的吊门——猎物在木箱里碰一下诱饵，门就会轰隆一声由上方落下来，猎物自然就会成为笼中之鸟。

事实上，就在杰克养伤的这段时间里，兰卡和老罗一直在忙活着，一个星期内就做好了4个木箱圈套，然后，将它们分别设置在森林里的几个地方。

最初的时候，他们并没有在木箱里挂上诱饵——谨慎的熊一定不会轻易接近陌生的东西，况且，刚做好的木箱里还带有人的气味呢！因此，他们还要再做些手脚，使得人的气味彻底消散。

兰卡和老罗将木屑弄干净后，用泥土将新木头涂黑，还将不新鲜的肉蹭在木箱的四壁。如此忙碌了一阵后，他们就将腐烂的鹿肉挂在了木箱里。

到了第四天，他们再过去看的时候，发现其中的一个木箱的门已经落了下来。老罗起初认为是熊被捉到了，结果兰卡察看后发现了周围的一些脚印，确认是一些臭鼬的杰作。他们打开箱子一看，果然，里面不过是几只臭鼬。兰卡和老罗都忍不住笑了起来。

两人又把木箱里的诱饵重新挂好了。此后，连续几天熊都没有出现。这两个人不明白：这么大的一块肉，怎么就招不来熊呢？思索了好久，兰卡说："或许是因为诱饵不合适。熊应该都爱吃蜂蜜，所以，咱们应该弄一些蜂窝来当诱饵。"

一切计划好后，他们很快就去寻找蜂窝，然后，把蜂窝放到了小布袋里，又将布袋吊在木箱里。

那天晚上，精力充沛的杰克又到森林里来闲逛了，还打算顺便找点儿好吃的。结果，走着走着，它那敏感的鼻子就闻到了蜂蜜的气味，于是连忙跑了过去。

对杰克而言，蜂蜜绝对是天底下最好吃的东西了！

现在，闻到了这种美妙的气味，它根本不可能拒绝。于是，杰克加紧了脚步，不知不觉地走了相当远的一段距离。最后，它发现了一个用圆木做成的奇怪洞穴，就是从那里飘出了浓郁香甜的蜂蜜气味。

忽然，杰克闻到那里面还掺杂着其他的气味。它仔细地嗅了嗅，对，就是那个讨厌的猎人的气味。

但那蜂蜜真的太诱人了！

于是，杰克就在木箱周围转圈，仔细地察看着。在此过程中，蜂蜜的气味不断地飘进了它的鼻孔。

最终，杰克极其小心地走进了木箱。它先是闻了闻悬挂在木箱里的布袋，然后用舌头舔了舔，随后口水就由嘴角流了下来。为了将蜂蜜弄出来，杰克用力地拉了一下那个口袋。

就在那一刹那，随着“嘭”的一声，活动门从上面落下来，杰克被困住了。

杰克吓了一跳，终于明白自己落入了圈套。于是它就用身体去撞出口的门，可是门太结实了，一点儿也撞不动。于是，它就用前掌去抓木箱四周的木头，想找个好突破的地方，可是，木头墙也相当牢固，就算是用牙咬也没用。杰克急得在木箱里转来转去。

就在杰克绞尽脑汁地在里面扑腾的时候，天渐渐地亮了。阳光由入口附近的门板缝隙中照射进来。杰克受到了启发，决定从那里入手。于是，杰克用它那硕大的身体不断地撞击着门板。很快，厚木板终于承受不了这种连续不断的巨大撞击，一块一块地掉了下来。

杰克又一次获得了自由！

等兰卡和老罗来巡视的时候，杰克已经消失了，只剩下残破的木箱。他们都吃了一惊，由撞碎的门板来看，他们清楚这里曾经发生的一切。兰卡蹲下身子，观察着地上的脚印。是的，就是那头大灰熊——脚印显示出来的脚趾的伤痕、前脚趾的圆形伤痕、断了的门牙的咬痕，无不是它的标记。

兰卡说：“太可惜了，它明明已经进了圈套，可又让它溜掉了。这家伙太狡猾了！这次，我们可得好好想想办法。”

于是，兰卡和老罗再次修好门，重新布下圈套，诱饵还是蜂蜜。果然，杰克又一次来光顾了，而且再次中了圈套。但和上次一样，它再次把门板拆得乱七八糟，然后逃之夭夭。

这次，兰卡和老罗可真犯愁了，这可如何是好呢？

这样看来，这头大灰熊已经清楚了逃离的窍门。怎么办呢？他们尝试着将活动的门涂上油，使之密封不透光，这样一来，熊大概就没有办法找到出口了吧！

于是，兰卡和老罗又花费了相当长的时间把木门修好，然后，在透光的门缝那里糊上了一层油纸。如此一来，遮光效果就好多了。

兰卡和老罗看到自己的杰作，忍不住得意地笑着回去了。

几天后，两个人又去看圈套。这次，那个活动的门一点儿也没有被破坏的痕迹，而且，木箱入口的吊门也掉了下来。但让人奇怪的是，周围也看不到被破坏的痕迹——是不是那头大灰熊被关在里面出不来了?

两人上前听了听动静，里面特别安静。

两个人就用棍子敲打着圆木，还是没有动静。于是，他们就在圈套周围观察了一番，结果发现，门板下面的泥土有被翻过的痕迹。

原来，这次杰克是把前脚掌伸到吊门下面，把门举起来，从容地走出去的。

无奈之下，兰卡又在吊门下挖了一个水沟。而从此以后，熊就再也不来光顾了。

转眼间，冬天来了，熊开始冬眠了。

报仇雪恨

第二年春天，气温慢慢回升，熊冬眠的生活结束，开始出来活动了。

由于山谷里还有积雪，所以兰卡和老罗都认为，这正是追踪大熊的好时机，因为可以跟踪它的脚印。于是，他们重整旗鼓，带着当作诱饵的蜂蜜和捕猎用具向山里出发。

他们找到了去年用过的那几个木箱。这些箱子经过一个冬天的风吹，人的味道已经彻底消失了。他们还是用蜂蜜当诱饵，把它挂在木箱里。还别说，这诱饵的效果真好，竟然将好几头熊抓住了，但却不见他们要捕捉的那头大灰熊。

随后，兰卡和老罗就开始对雪地上的脚印进行细心的观察。出乎意料的是，他们竟然真的找到了几个大灰熊的脚印。但这时，那头大灰熊的脚印旁多了一些较小的脚印，这说明它有伴儿了，不再是孤单的一个了。

他们很快就搞清楚了，原来，那头大灰熊找到伴侣了，那稍小一点儿的脚印，就是母熊留下的。

两个人追踪着这些脚印继续走下去。几天后，兰卡和老罗无意间看到了那头已经长高了很多的大灰熊和那头娇小的母熊。那头大灰熊现在就如同一堵墙一样，简直真的如佩德所说的那样巨大了。与之形成鲜明对比的是，母熊不但很娇小，而且皮毛光滑，十分漂亮。

兰卡和老罗也仅仅见到过这一次。当时，他们被母熊的美丽震惊了，但是后来，他们就再也没有见过它们了。

而奇特的是，这对熊夫妻却与牧羊人费恩在另一个地方不期而遇。

当时，费恩正在牧羊，远远地就发现两头熊走来。费恩马上端起枪，向它们射击。只听见“咚”的一声，母熊中弹倒地，脊梁骨被子弹打碎了。

看到妻子倒下，那头大灰熊马上愤怒起来，在附近疯狂地奔跑，并不停地嗅着风中的气味，从而确定敌人的位置。这时，费恩又开了一枪，但子弹并没有打中杰克。这时，杰克已经发现了从枪中冒出的烟，很快确定了敌人的藏身之处，马上快速地朝着陡坡的方向扑去。

费恩发现大熊向自己扑来，马上爬到了附近的树上。

因为无法够到费恩，杰克不得不重回母熊身边。可是树上的费恩还在不停地攻击杰克，又向杰克的后背开了一枪。这次，子弹射中了杰克的后腿，杰克吼叫着跳了起来，想找费恩算账。可是，因为腿受了伤，它没能跑出去多远。

杰克拖着伤腿重回母熊那里。母熊静静地躺在地上。杰克不明白这究竟是怎么回事，原本和自己天天在一起的妻子，怎么突然一动不动了呢？它等了很长的时间，妻子还是那么静静地躺着。最后，杰克难过地离开了那里。从此以后，它再也没有回过母熊死去的地方。

杰克拖着伤腿继续向前走。这时，它又闻到了敌人的气味，于是顺着气味追踪过去，想替妻子报仇。可等它走到那里时，那个人早就不见了踪影。

事实上，费恩在它到达之前就骑马逃走了。

晚上，杰克发现了一个散发着人味的小房子，然而，那里的人味和杀死妻子的那个人的气味不同。于是，它推门走了过去。事实上，这里住着的是费恩的父母。当小山一样的大熊走进他们的家门时，夫妻二人吓坏了，急忙从后门跑了出来。老迈的夫妻俩在惊吓之中竟然爬到了树上，全身不停地颤抖。

杰克走进小屋，发现里面没人，于是就来到他们的猪圈，将最大的那头猪杀死了。猪肉的味道挺好，于是，杰克从此就经常光顾费恩父母家的猪圈。也幸亏有了这些猪，杰克的伤才能快速痊愈。

就这样，费恩的父母用一种独特的方式替儿子偿还着他欠杰克的债。然而，费恩的父亲也在想着怎样将自己的损失减到最小。没错，打死这头大灰熊是唯一的方法！于是，他发明了一个装置，把枪绑在树上，假若那头大灰熊踩到机关上，那么，它就会被枪里自动弹出的子弹打死。

一天晚上，老费恩果真听到了枪响，但幸运的是，杰克并没有被子弹打中，子弹从杰克的脑袋上方飞出去了。原来，这是由于老费恩把枪放得太高了，因此杰克才幸免于难。即便是这样，它还是吓了一跳。于是，那天晚上，没吃到猪肉的杰克疯狂地向平原跑去。

一天，杰克又找到了一户人家，一股甜甜的香味指引着它找到了一个小木桶——木桶里装着砂糖，然而，桶太深了，杰克不得不将头伸进去舔底下的糖。可是，吃完后，它却无法把头拔出来了。

杰克生气地大声叫着，可声音被憋在了木桶里，仅能在耳边回荡。这下子，杰克更生气了，开始横冲直撞起来，并使劲地敲打木桶。

这么大的响声自然引起了人们的注意。男主人朝杰克开了一枪，但没有打中。情急之下，杰克一下子敲碎了木桶。如此一来，它的脑袋才获得自由。

因为最近持续受到枪声的惊吓，杰克后来极少接近人类的房子，它将自己的活动范围限定于森林或者平原上。

又一天，杰克正在找东西吃，突然闻到了杀死自己妻子的那个人的气味。于是，它全身毛发竖立，马上快速地追了过去。

这期间，几只大雁由它的头顶飞过，它丝毫不理。事实上，猎人费恩当时正在瞄准天上的大雁准备射击呢！

杀妻之仇不共戴天，仇人就在眼前！杰克感到那个人的气味越来越浓烈了，与那个人越来越近，它开始全速奔跑，以至于树丛在它的身后晃动得越来越明显。它径直地跑过树丛，然后扑向敌人，一掌将那个猎人打倒在地，与此同时，他身后的树也倒在了地上！

杰克的力气太大了！

就这样，杰克终于报了杀妻之仇！

可怕的熊王

这一年，塔克拉山周围的灰熊似乎格外钟情于牛肉。

从前，人们认为草莓和树根才是灰熊的最爱，因此不去招惹它们，当然，也没有感到有任何危险。可是现在，它们竟开始流行吃牛肉了。

在塔克拉山附近，差不多每个牧场都不断地传来牛被灰熊咬死的消息。灰熊不断地对附近的牧场发动袭击，它们不但身材高大，力气大得惊人，而且相当狡猾。

牧场老板为此设置了巨额奖金，请人抓捕这些熊，从而降低自己的损失。然而，不管他们出多高的价钱，都没人可以捕到熊，而且，被吃掉的牛的数量不减反增。

当地到处流传着灰熊的故事，人们还依据它们的特点，为它们取了不同类型的名字。于是，关于灰熊的各种传说就此流传开来。

比如，费萨河畔的灰熊跑得最快，假若它相中了猎物，就会从几十米远的地方一口气冲过来，向牛群直扑过去——那些可怜的牛甚至没机会转身逃跑!

也有人说，一头叫贝格托拉克的灰熊，其真面目谁都没有见过，这是由于晚上才是它的活动时间。听说它喜欢吃牛和猪，而且喜欢对人类进行攻击。

在莫克拉姆地区生活着另一头叫布林的熊，它的捕杀对象是最值钱的牛和羊。

当然，一头被称为“熊王”的大熊，是其中最为勇猛的。

每一个版本的传说中的大熊都狂暴恐怖，但不管怎么说，佩德提到的“怪熊”是其中最可怕的。

一天晚上，佩德来到了兰卡的小屋，告诉兰卡:“以前的那头大灰熊还在老地方待着呢，它已经长到了与大树一般高，被人们称为‘熊王’。它以最健壮、最雄伟而闻名，而且，它具有恶魔般的智慧。正是它把我的1000多只羊杀死了。有时候，它追杀羊的目的并不是因为饥饿，而是纯粹出于好玩！兰卡，你曾说过要帮助我杀死那头大灰熊的。你打算什么时候行动呢？快想个办法吧，不然，我的损失会越来越惨重！”

听了佩德的话，再加上悬赏的奖金相当高，兰卡和老罗都动心了。

两个人再次来到了内华达山脉。

事实上，之前也曾有几个猎人来捕捉传说中的熊王，但没有能够达成所愿。

兰卡和老罗仔细地察看了熊的脚印、熊在树上蹭身体的痕迹，又对那些牛的死法调查一番。最后，他们得出了一个让所有人意外的结论。

兰卡极其自信地告诉大家说：“你们知道吗？那个所谓的费萨河速度飞快的大熊，吃猪肉、袭击人的贝格托拉克灰熊，布林熊以及熊王，它们实际上都是同一头熊！”

猎人们听后大吃一惊，但兰卡和老罗的调查是正确的。

从此以后，人们就统一称这头熊为“熊王”了。

猎捕的代价

兰卡和老罗兴致勃勃地开始了追捕熊王的工作。

就在这时，一位富翁在报纸上刊登了一则悬赏广告：将熊王活捉到的人可以得到目前赏金的10倍！

消息一经传出，兰卡和老罗就更加兴致勃勃了。兰卡将以前的伙伴们都找来，共同商量着活捉熊王的办法。

这时，有人说熊王出现在贝尔达修牧场，当天晚上，3头牛就死在它的手上。

贝尔达修牧场的距离比较远，但一听说熊王在那里出现了，他们还是骑马飞奔而去。两个人整整跑了一夜，以至于把马都累倒了。后来，两人又马上换了新马，继续赶路。

到达贝尔达修牧场后，他们不顾旅途劳顿，立刻让人带路，赶去熊王出现的地方。兰卡和老罗在现场的地面上发现了很多带有伤痕的脚印——的确是它，就是那头大灰熊。

可是，脚印进入树丛之后就再也找不到了，其他地方也没有发现任何痕迹。这就证明熊王还待在树丛的某处。然而，想穿过这片茂密的树丛并非易事。

兰卡让老罗在外面观察着，自己则骑马去将伙伴们召集起来。得到兰卡的通知后，男人们都带着枪来了。这时，兰卡告诉大家："各位，听我说一句，那片小树林就是熊王所在的地方。它在天黑前是不会出现的，所以我们要等到晚上行动。另外，若将它打死，那么，我们可以拿到的只是一点儿钱。可是，若将它活捉，那么，我们就会得到奖金的10倍！因此，大家都放下枪，只带套索就行了。"

有人反对说："我们带着枪不用总行吧？"

兰卡果断地说："不行！要是带了枪，看到熊后，我们就会不由自主地射击。因此，最好不要带枪！"。

最终，还是有3个不听兰卡话的人带了枪。这样一来，7个骑马的勇敢男人就到达了熊王的藏身之处。

但现在距离天黑还有很长的时间呢！

人们有些不耐烦了，开始大声地吵嚷起来，并不断地把石头向树丛中扔去。可是，树丛中十分安静，熊王压根儿不理他们。

中午，刮风了，人们就将树丛中的好几个地方都点着了，火焰和烟雾在风的吹动下向树林冲去。树丛开始噼里啪啦地燃烧。刹那间，树木燃烧的声音和树枝折断的声音一齐响了起来。

随后，一头巨大的熊从树丛的对面跳了出来。

对，这正是熊王杰克！

杰克跳出来的时候，它理也没理那些骑在马上的人们，而是转过身，极其沉稳地向小山走去。马上的人勇敢地将生皮做成的套索向它扔去，可他们胯下的马却因为恐惧而直立起来。

没过多久，3个勇敢的骑士就追上了熊王，将套索向它的头顶扔去。

这时，熊王仍旧没有生气，它就是不明白，这么多的人和马是从什么地方来的。它站起来，俯视着跑过来的人和马。

看到这一幕，兰卡不由自主地说："老天，佩德的话千真万确，它果真有一棵大树那么高啊！"

随后，3个人都将套索拿出来，随着"嗖嗖嗖"的声音，套索飞向熊王的头顶。这3个人都是个中高手，投掷套索可谓百发百中，因此，套索极其准确地将熊王的脖子套住了。但是，熊王没费吹灰之力就用极其灵巧的前掌将3根套索解了下来。而这3个人因为还在拼命地拉，因此，在惯性的驱使下竟然冲了出去。

熊王并没理他们，仍旧慢悠悠地向着山冈上走去。

“喂，快把它挡住！”眼看熊王就要离开，人们着急地喊道。

很快，一个骑着马的男人跑了过来，从后面瞄准熊王的腿，将套索干净利落地抛了出去。当熊王发现自己的腿被套索拉住后，它就低下头，没一会儿就把套索咬断了。这时，它的腿又被另外一根套索套住了，而且，是被两匹力量极大的马拉住的，这回熊王险些被拉倒。

熊王真的被惹恼了，它马上转回身，怒视着眼前的人和马。

现在，熊王与燃烧的树林之间相隔很远，后面就是没着火的树林。接下来，它就等着眼前的男人们采取进一步的行动了。男人们驱马继续向熊王逼近。当他们就要靠近它时，熊王猛地向人和马扑去。这下子，没人有机会逃跑——熊王真的发怒了，它跺脚的声音就如同地震一样响，地面上升起一片灰尘。3个骑马的男人就此撞成一团，熊王迅速地扑向他们。仅仅一瞬间，3匹马就永远地躺下了。

而熊王并不打算停下来，还在沙尘中挥舞着前掌，把敌人打得人仰马翻。这期间，马的悲鸣与人的惨叫声交织在一起。事实上，有的人压根儿没机会发出声来。后面的人打算上去救助同伴，但熊王一通横冲直撞，他们压根儿没有机会靠近。

到目前为止，熊王将3匹马和1个人打死了，将1个人打成重伤。幸存的那个人逃开了。

紧接着，熊王就跑向了山冈。这时，有人在它的身后开了枪。

“砰！砰！砰！”

兰卡急切地喊：“别开枪！从后面追上它，消耗它的体力，到那时，我们就可以活捉它啦！”

然而，没人愿意听他的，其中一人还生气地说：“你到现在还不让我们开枪！难道你没看到地上的那两个人吗？要是我们不开枪，那么，我们早晚会得到和他们一样的下场。”

男人们无视兰卡的阻拦，拼命向熊王开枪，直到射出了最后一颗子弹。

熊王受了惊吓，变得火冒三丈！

这时，兰卡大声地鼓励着同伴：“我们一定可以将它活捉的，现在就开始扔套索！”

一边喊着，兰卡一边首先将套索扔出去，将熊王的前腿套上。紧接着，熊王的脖子又被两根飞来的套索套住。

若再有两根套索将熊王的后腿套住，那么，它一定会被捆住了。可事情并不像他们想象的那么简单。杰克举起另外一个前掌，轻松地弄掉了前腿上的套索。但它没法挣脱套在脖子上的两根套索，因为每根绳子的另一端都有一人和一马在拼命地拉拽。他们打算将熊王勒死。

周围的人兴奋地绕着熊王喊叫，并等着下一次出手的机会。眼看熊王就要被勒得喘不上气来了，只见它将两只前掌和肩部都压在地上，随后，身子向后一退，猛一用力，拼命地将那两条绳子拽住，仅两三下就将绳索两端的两匹马和上面的人向自己拉来。因为马也在用力，所以，马蹄印深深地刻在了地面上。

而那两个用绳子拉住熊王脖子的人，相互向对方靠近，这样一来，合力当然会更大一些。不过，就在这个拔河的过程中，熊王忽然箭一般地扑向他们。两匹马的肚皮就这样被它撕开了。

骑在马上的男人们感到了极度的恐惧，感觉形势不妙，马上将套索松开，拔腿就跑。熊王沉重地呼吸了一下，拖着脖子上的套索飞快地越过了山冈跑掉了。

幸存的人都回去了，脸上满是哀伤。临走的时候，他们纷纷抱怨兰卡：“哼，就是因为你不让带枪，才会造成现在这样的局面！不然的话，我们才不会败得这么惨呢！”

那天晚上，兰卡和老罗在离牧场很远的山上搭了帐篷。

老罗问兰卡：“事到如今，你是怎么想的？”

兰卡在篝火旁沉思了很长时间，过了好一会儿，他才对老罗说：“太伟大了！这头大灰熊可真太伟大了！它是我所见过的熊里身体最健壮的！它站起来就如同一座小山。它打死那些马的时候就如同轻松地拍死一只苍蝇。我以前一直把它当作敌人，想弄死它，但现在我改主意了！我开始喜欢它了，老罗！我一定要活捉它，就算是穷尽我一生的时间！”

兰卡两眼放光，坚定地说。

诱捕

这次捕猎行动的代价过于高昂，不但没捉到熊王，而且，还牺牲了好几个人的性命，可谓损失惨重。从此以后，绝大多数的牧场主都认定不可能将那头大灰熊杀死，于是，他们纷纷将赏金撤回。

当然，报社例外。

报社的负责人听说了这次人熊大战的故事后，就给兰卡写了一封信。尽管上面仅仅短短的几个字，可就兰卡而言，意义却相当重大。信上写着："希望你可以捕到那头大灰熊。"

于是，兰卡更加坚定了活捉熊王的决心。

接到信的那一刻，老罗也在他身边，于是，二人决定联手行动。此前用过的铁圈套、圆木箱、套索、猎狗等一定是不能再用了，应该使用一种新的办法。

兰卡想到了一个新办法，那就是先花3个月的时间追踪熊王，弄清楚它经常去的地方，然后伺机下手。

就这样，二人从此每天都出去追踪熊王的足迹。

原计划用3个月，可实际上却用了半年的时间。就在这半年的时间里，他们不断听到熊王到处杀死牛和羊的消息。

兰卡和老罗在熊王经过的路上全都设置了圈套。总结之前失败的教训，他们对新圈套进行了改进：用铁螺丝将圆木牢牢地固定，在圆木的一端做了一个镶嵌着铁栏杆的小窗。门也做得格外结实——他们将两层厚木板叠在一起，中间还夹上了防水纸，为的是不让阳光射入。然后，再贴上铁板。同时，他们还在门下面挖上水沟，为的是避免熊将门举起来。在活动门的两侧，他们装上门轨，活动门就可以顺畅地滑动。如此一来，活动门一旦落下，就会直接陷入门轨，不管里面的动物如何用力，也不可能将它推开。

这一次，他们不再像前几次一样，把泥土抹在木头上，也不再像前几次一样，用腐肉作诱饵，而是顺其自然地让木头经受风吹雨打，从而将人的气息除去。然后，他们把圈套的门挂住，让它不落下来，再将诱饵挂在里面。如此一来，熊就可以自由出入了。

熊几次进入圆木圈套吃诱饵，发现没有遇到任何危险，于是就慢慢地放松了警惕。

最后的胜利即将到来!

就在熊对圈套不再心存警惕的时候，兰卡和老罗将蜂蜜——熊王无法拒绝的美食找来作诱饵，而且在蜂蜜里放进了大量的安眠药。如此一来，只要熊王进了圈套，吃了蜂蜜，就只能束手就擒。

这天晚上，熊王又离开了家，四处转悠。当然，它的伤已经彻底好了。它那敏感的鼻子又开始捕捉着各种气息了。嗯，这是羊的气味，那是牛的气味。在此之前，它已经从这些美味中获得了足够的甜头。

忽然，一种甜甜的气味从空气中飘来。杰克抽了抽鼻子，没错，这的确是一种让它感到兴奋的气味。于是，杰克改变了前进的方向，向着蜂蜜气味传来的方向走去。

它发现了一个圆木洞，蜂蜜的气味就是从那里散发出来的。它贪婪地舔着蜂蜜袋，紧紧地咬住，用力一拉。

只听“扑通”一声，后面的门就落了下来。杰克毫不在意，因为此前也发生过这样的事，它知道如何把门打开。于是，它就放心地咬住口袋，吸吮着里面的蜂蜜。

开始的时候，它贪婪地舔着，可没一会儿，它的动作就慢了下来，慢慢地，它的双眼合上了，接着就躺下睡着了。

天快亮的时候，兰卡和老罗来这边察看，发现了熊王的脚印，他们感到极为紧张。这回，他们确认，熊王一定在里面。因为怕熊王提前醒来，二人连忙趁它熟睡的时候把它绑起来。随后，在杠杆的帮助下，他们将沉睡中的熊王拖出了圈套。

做好这一切后，兰卡和老罗又担心熊王由于吃了太多的安眠药而死，于是，又想办法把它弄醒了。

熊王终于醒来了。这时它才发现，自己竟然被捆绑起来了。它愤怒地发出骇人的吼叫声，并不停地横冲直撞。然而没有任何用了。

兰卡和老罗将熊王放在6匹马拉着的雪橇上，来到了平地上，然后，又改用火车装运。人们把它喂饱后，用大型起重机把熊王、铁链、木头一起吊起来放在了货车上，还在熊王的身上盖上一块巨大的防水布。

就这样，他们将熊王杰克带进了另一个世界。

兰卡的悔悟

熊王被运到了一个大城市后，人们将它关在了一个大笼子里。这是一个极其牢固的笼子，四周的栏杆都是铁制的，甚至比关狮子的笼子还要结实好几倍。

熊王不喜欢被关着，也不喜欢这里，最终，它将绳子弄断了，在一边看热闹的人和动物园饲养员被吓得一哄而散。

兰卡和老罗却没跑，还是守候在那里。

熊王将绳子弄断后，就将目标对准了笼子的铁栏杆。铁栏杆被它弄弯曲了，眼看笼子也要被弄坏了。这样，人们就更紧张了，怕熊王跑到外面闯祸，连忙将一个装大象的笼子运来。等熊王被关在这个大笼子里之后，人们才略微松了一口气。这下子，熊王再也出不来了——那个笼子极为结实，就连大象也出不来。

熊王在笼子里四处走动。由于新换的笼子是直接放在地上的，因此，它很快就发现了一块露出土地的地方，然后，它就在那里拼命地挖掘起来。结果不到一个小时，它就将一个洞穴挖好了，然后藏身进去。人们急忙向洞穴里灌水，把它从里面赶了出来。

如此一来，人们又只好将它关进了一个替它量身定做的更加结实的笼子里。熊王在新笼子里面绕了一圈，接着进行破坏行动。它用力将结实的铁棒打歪，甚至把埋住栏杆的根基给扭松了。天知道，这些铁管可是用很多直径5厘米、长3米的铁棒做成的，它们的下面还铺了牢固的岩石呢！

熊王爬上了铁架，怒视着外面的人。人们赶紧拿来火把吓唬它，最终，它总算是安静了下来。

为了防止杰克继续搞破坏，动物园里的工作人员日夜不停地轮流看守它。同时，他们又用混凝土将地面全部加固，并将熊王转移到一个更加坚固的笼子里。这个新笼子的顶部用钢铁做成，地板用岩石做成，相比以前那个笼子，这个笼子要结实好多倍呢！

像以前一样，熊王进入新笼子后，还是先在笼子里四处走动和察看，想找到可以下手的地方，它先试着把每根铁棒扭动一下，然后察看每个角落和地板是不是存在裂缝。最后，它好歹发现了一根木头门闩。这根门闩是整个笼子中唯一的一块木头，上面包着铁皮，仅露出了一点儿木头。

熊王发现了这根圆木后，成天用爪子抓。最后，圆木终于断成了两截。然后，它继续用肩膀去撞击空心的铁管，而遗憾的是，铁管没有折断，它的努力付诸东流。

最后，杰克终于明白了——自己将成为这里永久的犯人。于是，这个像小山一样的大家伙趴在地上大哭起来，当人们看到勇猛无比的熊王竟然用两只前掌捂着鼻子大哭起来时，真是无比震惊。

它哭得是那么伤心，就如同一个可怜的小孩子一样！

熊王杰克完全失去了自由，于是，它不停地掩面哭泣，甚至当饲养员送来食物时，它看都不看一眼。第二天，等饲养员来到这里时，杰克还是像前一天一样趴在地上，但已经停止了哭泣，只是不时地发出几声呻吟，那些食物原封不动地放在那里——它根本没吃。

两天后，食物开始腐烂。到了第三天，熊王还是趴在地板上，还是把鼻子放在了两腿中间，双眼紧闭，人们只有观察它那起伏的肚皮才能知道它还活着。

很明显，熊王是“不自由，毋宁死”！

动物园里的饲养员实在无计可施了，只好来找兰卡。兰卡来到动物园，看到自己用尽心思捕捉到的熊王竟然变得奄奄一息，不禁难过万分。于是，他来到笼子旁边，将手穿过铁栏杆，抚摸着熊王。

熊王身上冷冰冰的，纹丝不动。

兰卡请求饲养员让自己走进笼子，看一看熊王，可是饲养员拒绝了：“那绝对不行！那么大的家伙，毕竟还是活的呢！”

经过兰卡的反复请求，最后，饲养员好不容易答应了他，不过一再叮嘱他务必小心。

兰卡来到了熊王身边，用手抚摸着它的头。熊王还是静静地躺着，纹丝不动。兰卡一边抚摸着熊王，一边自言自语地说着什么。摸着摸着，兰卡的手不自觉地碰到了它的耳朵。

兰卡大吃一惊：这是真的吗？怎么会这样呢？

熊王的耳朵上竟然有个小洞！很多年前，兰卡为了在小熊杰克身上弄个标志，特意在杰克的耳朵上穿了两个洞。于是，他进一步确认，结果发现另外一个耳朵上真的有一个豁口！

原来，熊王就是当年可爱的小熊杰克啊！

兰卡和小熊杰克重逢了！

兰卡顿时浑身颤抖，嘴里嘟囔着：“杰克，杰克，真的是你吗？我对不起你啊，杰克！要是我早知道你就是杰克，我怎么会让你受这些苦呢！原谅我，杰克！”

可是无论他怎样呼唤，杰克还是纹丝不动。

兰卡忽然想到了一个办法。他赶回自己居住的地方，将杰克熟悉的衣服换上，还带来了一大瓶杰克最喜欢吃的蜂蜜。

然后，兰卡对着杰克大声喊着："杰克，是我啊！快醒醒！这里有你最爱吃的蜂蜜呀！"

兰卡将蜂蜜放在了杰克面前。杰克被可口的蜂蜜、亲切的衣服气息和熟悉的声音唤醒，它记忆深处的温情被唤起。熊王微微地睁开了眼睛。

最终，杰克又活了。

看到杰克已经恢复了神智，兰卡突然放声大哭起来，而且哭得异常伤心！然后，兰卡默默地离开了装着杰克的大笼子。

从此以后，杰克在动物园饲养员的精心照顾下，慢慢地恢复了健康，又可以走动了。

但它还是怀念着昔日在雄伟的山峰间自由地行走的美好时光！如今，它不得不在眼前的这个狭窄的笼子里生存着。

没事儿的时候，杰克会将目光越过笼子前面的人群，眺望着远处的山峰。它的家曾经在那里，那里代表着自由，可是现在，它再也回不去了！

勇敢的信鸽阿诺克斯

银质脚环

我的生活和鸽子基本扯不上任何关系，不过，我却无意中做了一次鸽子竞赛的裁判。

正是由于我不了解鸽子，所以我才被养鸽的人选中做了裁判，如此一来，就可以避免出现不公正的裁决——我不会像那些熟悉信鸽或者喂养信鸽的人那样，出于个人的喜好而有所偏袒。

我依照养鸽人提供的地址，从19号西街上一所马厩的偏门进去，爬上楼梯到了顶楼，这里原来应该满是牲畜的味道，不过，我却闻到一种干草的芬芳气息。仔细一看，原来，主人在顶楼的南边建了一面墙，如此一来，整个顶楼就成了一个大大的鸽舍。

这就是著名的“鸽之家”，住在此地的鸽子都非常优秀，它们拍打着翅膀，嘴里发出人们熟悉的声音：“咕——咕咕，咕咕咕咕——咕咕，咕——咕咕——咕咕咕——咕！”

这次要举行的是50只小鸽子的飞行比赛——是一种专门为训练小鸽子而进行的比赛。尽管之前也举行过一两次，不过，都是让这些小鸽子与其父母在一起，而且放飞的地点离家也特别近。

不过，这次是它们在没有父母陪伴的前提下，独立进行的一次真正的飞翔——新泽西州的伊丽莎白城就是放飞的地点。就这些小鸽子而言，首次单独飞翔这么远的距离，的确是一次考验。然而，训鸽员告诉我："正是借助于比赛的方式，我们可以将那些差一些的鸽子淘汰掉，如此一来，才可以将最优秀的信鸽优选出来。"

而且，比赛还有一个好处，就是让那些顺利飞回来的鸽子也可以一决高下。几个住在这附近的鸽子迷替比赛凑了一笔奖金，用来对最先飞回来的鸽子进行奖励。

训鸽员嘱咐我说："你要清楚，这次比赛中最后获得胜利的鸽子，并非最先回到鸽舍外的鸽子，而是最先飞进鸽舍的鸽子。"

这是由于若信鸽仅仅是回到了鸽舍附近，而不进入鸽舍，人们就不清楚它是否已经回来了，作为"通信使者"来说，这当然是一种能力不强的表现。

这样看来，让我来裁定获得胜利的是哪一只鸽子，真的是一件十分重要的事情呢！

那些有着美丽的条纹羽毛却只是用于观赏的鸟，是不具备成为信鸽的资格的，它们只能成为一些展览会上的展品。而一只真正的信鸽不但要飞得快，而且要忠实于自己的主人，并且要极其准确地尽早回到家里——与世界上任何其他动物相比，一只优秀的信鸽是最能准确地辨别方位的。

比赛就要开始了。工作人员嘱咐我说："中午12点鸽子准时放飞，差不多12点半左右，它们就会陆续返回了。这时，你就要格外小心，因为，如果一下子飞回来很多的鸽子，要想弄清楚哪一只才是第一只进入鸽舍的鸽子，就比较困难了。"

我们焦急地站在鸽舍里边靠墙的地方，静静地等待着鸽子返回。虽然没有太多的证人，不过，由于裁判只有我一个人，因此我在心里不停地提醒着自己："一定要看仔细了，千万不能马虎。"直到现在，我仍旧清晰地记得那种紧张的心情呢！

远处地平线处的天空成了大家共同眺望的目标。突然，有人兴奋地大叫起来："快看，它们回来了！"

果然，一片白云一般的物体出现在远处的天空，它们掠过城市的上空，快速地飞翔着。近了，更近了——是信鸽群！它们从房顶和树梢掠过，将高高竖起的烟囱

绕开，姿态相当优美——它们从天边出现到飞近鸽舍，总共用了不到两秒钟的时间。

伴随着一阵“啪啪”的翅膀振动声，一抹白色闪过眼帘，一只鸽子如离弦的箭一样飞进了鸽舍。尽管我早就有心理准备，不过，这一切的发生还是太突然了。这只鸽子向鸽舍冲去，翅膀唰地一下擦到我的脸，可是，不等我反应过来并将鸽舍小门关上的时候，我就听到有人在喊：“阿诺克斯！阿诺克斯！我就知道是它，它一定可以拿第一的！它才3个月大呀，竟然获胜了，这可爱的小家伙，真是太伟大了！”

阿诺克斯的主人太兴奋了，兴奋得手舞足蹈，他一方面为自己拿到了奖金而高兴，另一方面替这么小的阿诺克斯竟然成为一只优秀的信鸽而高兴。这个养鸽人极其自豪地告诉大家，阿诺克斯是在一个诞生过许多优秀信鸽的鸽舍里出生的，而且，它是同一50只小鸽子中最优秀的一只。

回到鸽舍里，阿诺克斯先去喝了些水，接着又跑到食槽里找食吃。人们或蹲着或坐着，怀着极大的敬意看着它的一举一动。

“看它的眼睛，看它的翅膀，看它的胸脯，你们见过没有？那些真正的好信鸽都是这样的！”阿诺克斯的主人兴高采烈地对那些由于比赛失败而有些沮丧的人唠叨着。

这是阿诺克斯首次成为冠军，而它的前途好像也是一片光明。

此后，代表优胜的银质脚环被套到了阿诺克斯的腿上，脚环上还刻着一行这样的小字：“阿诺克斯，2590C。”

此次参赛的小信鸽一共是50只，不过，能在半小时左右飞到纽约的仅有40只。实际上这很正常，而且是经常发生的事情。那些没有在规定时间内飞到纽约的鸽子，或是由于头脑糊涂而迷了路，或是由于身体素质差而掉了队。当然，养鸽人正是借助于这样的方式将那些较差的信鸽淘汰，从而达到改良鸽群的目的。

在那10只还不曾及时到达的信鸽中，有5只在当天很晚的时候才飞回来，而且是七零八落地飞回来的。而余下的那5只则始终杳无音信。

晚上回来的这5只鸽子中，有一只个头儿比较大的蓝色的鸽子。看着这只呆头呆脑的鸽子，当时待在鸽舍里的一个人说："好奇怪，这只大蓝鸟竟然能飞回来，真没想到啊！你看它腿这么长，胸这么大，脖子还总晃悠，压根儿不可能成为一只好信鸽，即便它回不来也是很正常的！"

尽管鸽舍里的工作人员如此谈论着这只大蓝鸟，不过它还是飞回来了，因此也就得以被继续喂养着。

这只大蓝鸟从一出生就极其特别，与其他小鸽子相比，它长得更快，体形偏大，而且也更加漂亮。因此，它自小就喜欢欺负其他的鸽子。不过大家都清楚，要成为一只好信鸽，最重要的标准就是飞翔速度，以及是否可以迅捷而准确地飞回鸽舍里。

海上飞行新纪录

鸽子们的飞行训练是每隔几天就要举行一次的。而且，放飞的距离也在不断改变，从40千米到50千米，甚至更远，而且还一直在改变方向。这样做的目的是为了让它们熟悉纽约方圆250千米内的地区，使它们不管从何处放飞，都可以准确快速地飞回来。

最终，经过层层筛选，原先的50只鸽子如今仅剩20只了。这次被淘汰的鸽子中，不但包括那些条件差、身体弱的，还包括那些碰上意外事故的、偶尔不舒服的，甚至因起飞前吃得过多飞行速度变慢的。而得以留下来的基本上都是具有亮眼睛、圆胸脯、长翅膀的鸽子——这样的身体条件才适合高速飞行。这些幸存者大都长着褐色、蓝色和白色的羽毛。

在那次比赛获胜之后的每一次训练中，阿诺克斯都取得了相当好的成绩。如今，剩下鸽子的脚上差不多都戴着属于自己的、如同阿诺克斯那样的银质脚环，因此，平时在鸽舍里，阿诺克斯的优势也就显不出来了。

不过，一旦到了训练场上，阿诺克斯就成了众人眼中“唯一的信鸽”。它被放飞后，立刻就可以飞到高空中，处于这样的高度，它就可以超越任何障碍，并且不会让自己由于沉醉在周围的景色中而迷失了回家的方向。在阿诺克斯飞上高空并辨明方向之后，它绝不会为了结伴飞翔或者吃喝之类的事儿而耽搁时间，必定会径直冲向鸽舍。

让人意外的是，大蓝鸟竟然也出现在那最后的20只信鸽之中，虽然它从不曾获得第一，而且，经常很晚才可以回到鸽舍，有时候，甚至等其他信鸽已经回来数小时后它才慢腾腾地飞回来，而且不渴也不饿，很明显，它必定趁着训练闲逛去了——不过，它每次都可以回到家，因此，它也获得了和其他信鸽相同的银质脚环。

而阿诺克斯呢，在不足一年的时间里，又有新的纪录被它创造出来。

就信鸽而言，海上飞翔是最困难的。若是可以通过这种训练，它们就可以称之为最优秀的信鸽了。

现在，阿诺克斯也要进行海上训练了，它和另外两只信鸽共同被带上了一艘开往欧洲的海轮。管理鸽舍的人员并没有跟着，而是将这3只信鸽交给了轮船上的海员。

海员们原本打算在无法看到大陆的时候就将这3只信鸽放飞，不过，出海后不到10小时，海上已经大雾弥漫了，而且，不久轮船的引擎也发生了故障，如今海轮就如同一块浮木一样随波逐流，除了将汽笛拉响求援外，再无其他方法。但是，在这种天气里，怎么可能有人发现他们呢？就在大家陷入绝境的时候，有人突然想起了那3只信鸽："或许，它们可以将求救信送出去！"

信鸽2592C首先被海员们选中了。他们将求救信息写在一张防水纸上，然后再将防水纸卷起来，系在信鸽的尾翼下面，最后把信鸽抛向了空中。

很快，信鸽2592C就展翅消失在了浓雾里。

又过了半个小时，那只大蓝鸟——也就是信鸽2600C，也同样被系上一封求救信后放飞了。然而，大蓝鸟飞出去后，很快又飞了回来，停在船舷的绳索上不动了。

看来，它是被吓坏了。于是，海员轻松地逮住了它，然后把它重新放进鸽笼里。

没办法，海员们将信鸽2590C——也就是阿诺克斯放飞了。他们还一点儿也不清楚2590C是一只怎样的信鸽，一个海员在抓着它的时候，只是感觉它的心脏不像

大蓝鸟那样跳得那么厉害。阿诺克斯同样也被抛向了空中，它先是绕着海轮转了一圈，然后盘旋着向更高的天空飞去，逐渐消失在浓雾中。

系在阿诺克斯身上的求救信上写着：

我们在远离纽约的海面上遇上了大雾，并且，海轮出现了机械故障，如今只能随波漂流。希望可以派来一艘拖船。援救信号是每隔一分钟鸣响一长一短汽笛一次。

这时，在浓雾中飞翔的阿诺克斯的心里，好像有一种力量在支撑着它，虽然它早已无法看到海轮，其他感官也似乎失去了作用，然而正是因为这种力量支撑着它，让它不再感到害怕，并准确地定位了回家的方向。实际上，当阿诺克斯在海轮上空盘旋的时候，它已经定位了飞行的方向。

阿诺克斯飞翔在浓雾中，如同离弦的箭一样迅捷地向着家的方向而去。尽管回家的路遥远且艰难，但在阿诺克斯心里，家才是这个世界上最舒适、最温暖的地方。

那天下午，比利正在鸽舍忙活着，突然，听到翅膀扇动的“啪啪”声，他将头抬起，看到一个小身影已经钻进了鸽舍，直接向饮水器飞去，大口大口地喝起水来。

“原来是你呀，阿诺克斯。”作为养鸽人，比利习惯性地看了一下表，将阿诺克斯到达的时间记录下来，并且，他还发现了系在阿诺克斯尾翼下的求救信。看到信后，比利连忙跑向轮船公司。

得到消息的轮船公司也以最快的速度做好了出海搜救的准备。此时，轮船公司和比利才算清楚，阿诺克斯用4小时40分钟的时间，在浓雾弥漫的海上飞翔了340千米后，将求援信成功地送到了纽约——这真是一个伟大的纪录！

信鸽俱乐部将阿诺克斯的这一出色成绩一五一十地记载到俱乐部的卷宗里。更令人骄傲的是，俱乐部的负责人还亲自用永不褪色的墨水，将这一成绩中的有关数字写在了阿诺克斯白色的翅羽上。

而那只胆小的大蓝鸟则乘坐着海轮安安稳稳地回来了。然而，另外那只小信鸽最终也不曾回来，或许，它永远也不会回来了吧。

这是阿诺克斯创造的一次公开的飞行纪录，此后，它又创造了很多项纪录。在顶楼的那个鸽舍里，以阿诺克斯为中心，还出现过好多次扣人心弦的场面。

银行家的命运

一天，阿诺克斯所在的鸽舍前停了一辆马车，一位白发苍苍的绅士从车里走了下来。此后的一整个早晨，他都与比利待在鸽舍里，他看上去非常焦虑，透过金丝边眼镜不停地向远处的天空凝望着。实际上，他是在等阿诺克斯从一个小地方送信回来呢。

那个地方与鸽舍相距60多千米，他必须在电报到达之前收到消息，而那时候发报和收报双方各要占用一个小时的时间，因此，信鸽的速度是电报无法比拟的。

这位老绅士是一位银行家，他为了更快地得到从那个地方传来的重要消息，就雇用了阿诺克斯。这时，在阿诺克斯的翅膀上，已经写下了7次卓越的纪录，它已经是当时最优秀的信鸽了。

老绅士来到鸽舍的目的，就是为了尽早收到那条重要的信息。

漫长的两个小时过去了，阿诺克斯终于如同流星一般飞进了鸽舍。看到信鸽归来的老绅士已然是面色苍白——或许，他的命运将由它带回的消息决定！

比利动作迅速地将系着信的线头剪断，将信交给早已面色惨白的老绅士。这位老银行家双手颤抖着打开信，等他看完之后，脸上又是一副明朗振奋的表情："感谢上天！这可帮我解决了大问题。"然后，他就飞快地回银行开董事会了。

老银行家的事业，甚至是命运，被小信鸽阿诺克斯的努力挽救了。后来，老绅士又一次来到鸽舍，他想将给他送来重要信息的阿诺克斯买下。因为，他发自内心地想对这只小信鸽表示感谢。

不过，比利清楚，这不是合适的选择，因此他告诉银行家："假如你将阿诺克斯买下，它的结局就是被关在笼子里，虽然你会精心地饲养它，但是，它却如同一个囚犯一样再也无法自由翱翔了。而且，不管你对它多么好，你都永远失去了它的心——无论如何它都不会将这个生养它的地方忘记的。"

经过比利的一番解释，银行家最终打消了购买阿诺克斯的念头。于是，阿诺克斯还住在19号西街211号的鸽舍里。

信鸽常常携带着一些极其紧急的信件，然而，一帮无赖却将飞翔的信鸽当作猎取的对象。很多优秀的可爱的信鸽就是在匆忙的飞行途中遭到他们的猎杀的。

阿诺夫是阿诺克斯的兄弟，它的脚上同样套着银质脚环，并且翅膀上还记载着3次出色的飞行纪录。

有一次，正在传送医生急诊信件的阿诺夫不幸成了这帮无赖枪口下的目标。当一个无赖走到奄奄一息的阿诺夫身边的时候，这家伙发现了信鸽的脚环，以及写在信鸽翅膀上的出色的纪录。突然，这家伙良心发现了。于是，他将阿诺夫的尸体和急信一起送回了信鸽俱乐部，不过，这家伙却声称自己是在路上偶然间发现的。

阿诺夫的主人听到消息后马上赶了过来。在人们的再三追问下，那个无赖最终承认，是自己开枪杀死了阿诺夫。

他为自己开脱道："不过，我是为了替一个可怜的卧病在床的邻居做鸽子肉馅饼，才开枪把它打死的。"

阿诺夫的主人悲痛地含泪说道："阿诺夫曾经挽救过两个人的性命，曾经送过20几次事关生命的重要信件，而这次也是为了替急症病人传送求医的加急信件哪，你怎么就狠心猎杀它呢？如果想替病人做馅饼，为什么不可以用其他动物的肉？我原本可以对你进行惩罚，不过，我不想做出这种报复行为。只请求你以后千万不要再猎杀信鸽了。"

这件事很快被传开了。最后，经过人们的不懈努力，保护信鸽的法律终于在这个小镇出台了。

误入樊笼

一天早晨，比利走进鸽舍后，发现一大一小两只鸽子纠缠成一团，正打得不可开交，仔细一看，竟然是阿诺克斯和大蓝鸟。没错，小个子的就是阿诺克斯，它们是为了一只漂亮的小雌鸽争风吃醋，这才打了起来。阿诺克斯在此次争斗中获得了完胜，而且还赢得相当漂亮，别看它个头儿小——仅仅为大蓝鸟的一半，但依旧占了上风。

这只大蓝鸟非常胆怯，却又热衷于打扮自己，还经常在鸽群中挑起争斗，因此，比利很不喜欢它。不过，毕竟大蓝鸟也套上了银质的脚环，因此也属于一定得悉心照顾的信鸽。于是，比利不得不替大蓝鸟选配了其他雌鸽，不过，为了将它与阿诺克斯彻底分开，他将大蓝鸟关进了另一个鸽子笼里。

从此以后，阿诺克斯和大蓝鸟分别组建了自己的小家庭，过起了自己的小日子。

从芝加哥到纽约的信鸽障碍飞行比赛马上就要开始了。这是一次路途漫长的比赛，而早在半年前，主人就替阿诺克斯报名了。

没想到，这时，阿诺克斯家却发生了家庭纠纷。原来，每天无所事事的大蓝鸟趁阿诺克斯外出工作的时候，诱惑了阿诺克斯的小雌鸽——小雌鸽竟然放任大蓝鸟跑到自己与阿诺克斯的家里来了。

阿诺克斯回来后，立刻就发现了情敌的入侵，于是它不顾疲劳，愤怒地向大蓝鸟扑了过去。这一次的争斗中，阿诺克斯受伤了。比利花了一个星期的时间精心地看护、调养它，阿诺克斯最终恢复了体力。尽管它遇到了这样的烦心事，不过，在朋友们的劝说下，比利还是决定让阿诺克斯参加这次的大型比赛。

比赛那天，每只参赛的信鸽都乘火车到达芝加哥，然后依据能力的不同被先后放飞。而阿诺克斯是最后一个被放飞的——因为它是最优秀的鸽子。

一被放飞，阿诺克斯就好像离弦之箭一样向纽约飞去。那些先被放飞的信鸽，在空中慢慢结成一支队伍，顺着一条无形的路线向前飞翔。阿诺克斯原本也打算加入其中，但最后它还是放弃了——它知道一条和纽约相距最短的路线，而其他鸽子则毫不知情。

阿诺克斯明白，走这条最短的路，就一定会超越那些先被放飞的信鸽。

到了傍晚，阿诺克斯已经飞翔了12个小时900多千米。因为连续的长距离飞翔，阿诺克斯早已口干舌燥。当经过一座城镇的鸽舍的时候，阿诺克斯在空中转了两圈，然后慢慢地降落下来，随着鸽群飞进鸽舍去找水喝——这种情况很常见，而鸽舍主人也都很愿意招待这些优秀的信鸽。

可是，阿诺克斯并不清楚，它这次可遇到了大麻烦。

就在阿诺克斯专注地埋头喝水的时候，鸽舍里的一只不知天高地厚的家伙，居然对它发起了挑战。

阿诺克斯本能地展开翅膀，准备用侧翼对它予以还击，谁知，一旁的鸽舍主人恰好看见了阿诺克斯翅膀上那一长排的纪录。

他也是一个鸽子迷，于是，这勾起了他的好奇心。他一下子把鸽舍门关了，说："这只鸽子真眼生。"然后，仅用几分钟就将阿诺克斯逮住了。他把阿诺克斯的翅膀拉开，好奇地看着这些纪录，最后，他看到阿诺克斯银质的脚环上写着：阿诺克斯，2590C。

"天哪，阿诺克斯，我知道你，你是一只神奇的信鸽啊！你飞到我的鸽舍里来，我真是太幸运了。"鸽舍主人惊喜地对阿诺克斯说。

然后，他将阿诺克斯尾翼下的信展开，上面写着：凌晨4点，芝加哥放飞，前往纽约，障碍飞翔赛。

"12个小时，900多千米，恐怕这又是一项新纪录了吧！"他一边感叹着，一边在心里打着小算盘——他要让阿诺克斯替自己的鸽子配种。随即，鸽舍主人将扑腾着翅膀的阿诺克斯轻轻地放回鸽舍里。

就这样，阿诺克斯成为一间宽敞舒适的鸽舍的囚犯，和它一起的还有另外几只被捉来的鸽子。

3个月来，不管鸽舍主人为阿诺克斯提供多么安全舒适的生活，阿诺克斯每天都会扑腾着翅膀在鸽舍的铁丝网前走来走去，希望可以找到出口，离开这个陌生的鸽舍。

到了第四个月，阿诺克斯似乎打消了离开的念头。

鸽舍主人发现后，马上将一只年轻而又温驯的雌鸽放进阿诺克斯的鸽舍里，他热切地期盼着阿诺克斯可以替自己繁育出优秀的小信鸽来。而让他意外的是，阿诺克斯却十分敌视这只新进入鸽舍的雌鸽。看到自己的计划失败，鸽舍主人不得不取走那只雌鸽，让阿诺克斯孤孤单单地待在鸽舍里。

一个月以后，鸽舍主人又向阿诺克斯的鸽舍放进了一只雌鸽，结果还是一样。在这一年里，鸽舍主人尝试用不同类型的漂亮雌鸽来吸引阿诺克斯，结果，阿诺克斯一直不理不睬，甚至是粗暴地拒绝。

而且，有时候，它会因为强烈的渴望回家的念头而在铁丝网上疯狂地冲撞。

到了换羽毛的时候，鸽舍主人将阿诺克斯掉落的羽毛收集起来，接着，又在它新长出的羽毛上，把那些光荣的纪录重新写下来。

就这样，两年很快过去了。

鸽舍主人替阿诺克斯换了一个新鸽舍，同时，又放进了一只新选配的雌鸽。这只与阿诺克斯的妻子特别相像的雌鸽立刻就获得了它的青睐。很快，这只雌鸽子便开始筑巢了。

鸽舍主人认为，阿诺克斯既然得到了心上人，就必定会打消回家的念头。结果，有一次竟然意外地将鸽舍的小门打开了。

这一回，阿诺克斯终于获得了自由！

可恶的猎人

鸽舍门刚一打开，阿诺克斯就如同箭一样飞了出去。这里两年的舒适生活丝毫没有减弱它对家的思念。在湛蓝的天空中，阿诺克斯旋转着冲向更高的天空。它翅膀上的白色羽毛在阳光的照射下闪闪发亮。假若阿诺克斯会唱歌的话，它肯定会放声歌唱，以表达自己重获自由的兴奋和快乐。

阿诺克斯飞翔在高高的天空中，如同闪电一样向着东南方向的家乡飞去，疾风从它的身体旁划过，翅膀发出了“沙沙”声。那个自私的鸽舍主人默默地凝望着早已融入蓝天的阿诺克斯，突然明白了——信鸽对故乡和自由的渴望是永远无法被限制住的。

忽然，伴随着一阵汽笛响过，一列火车出现在阿诺克斯前方很远的山谷里，它冒着蒸汽在铁轨上快速地行驶着。很快，阿诺克斯追上并且超过了火车。它在山谷上空高高地飞翔着，将起伏变幻的松林以及一座座山峦甩在身后。阿诺克斯飞得是那样惬意，一直向着自己的故乡飞去。

这时，一只鹰注意到了空中的这个猎物，它在高高的橡树林中不断盘旋着。阿诺克斯好像并没有发现鹰，因为它根本就没有改变方向，也没有减慢一点儿速度，更不曾将自己的飞翔高度提升或者降低——它从不曾让自己的翅膀停止扇动，就算是一会儿也不行。

鹰埋伏在山谷中，静静地等待着阿诺克斯。不过，阿诺克斯的速度实在太快了，以至于当它从鹰的面前嗖的一下飞过去的时候，鹰还没有做出反应！一眨眼，阿诺克斯早已飞离了鹰的视野。

阿诺克斯专注地保持着风驰电掣一般的速度飞向家乡，渐渐地，道路变得熟悉起来。又过了一个小时，它距离卡茨基尔山脉已经相当近了，只要穿过这条山脉，就能抵达自己日夜思念的家了。就如同困在沙漠中的人看见前方的绿洲一样，阿诺克斯那像钻石般明亮的眼睛里，好像已经看到了它那久别的鸽舍。

此时，一只游隼从卡茨基尔山脉高高的悬崖上飞起来。在鸟类中，这种大鸟拥有最快的飞行速度，是一个可怕的空中杀手——它不会轻易让自己的猎物逃脱。而现在，它已经发现了阿诺克斯。

这只游隼一看见阿诺克斯飞过来，就极其凶狠地猛扑上去，没想到，它锋利的爪子仅仅抓到一个一闪而过的影子。实际上，阿诺克斯根本没有做过任何反抗，只是由于思乡心切，又一次将速度加快了而已。因此，当游隼那致命的利爪出现的时候，阿诺克斯早就冲出去很远了。

随后，阿诺克斯到达了海面的上空，接着，它的眼前出现了一小块陆地。阿诺克斯简直太兴奋了！它对这条沿着哈德逊河谷而下的飞翔线路特别熟悉——虽然它已经有两年不曾飞过这条让人怀念的线路了。

从北边吹来的微风在河面吹起一层层粼粼的波纹。看到这熟悉的一切，阿诺克斯将飞翔的高度降低了。

此时，真正的危险来临了。

虽然现在是6月，不过，有一个猎人恰好在山谷里寻觅着猎物，此时，他发现了在空中快速飞翔的阿诺克斯。因为空中的风变大了，阿诺克斯不得不将飞翔的高度降低了一些。而那个狩猎者早已将猎枪高高举起，将枪口对准了正在飞翔的阿诺克斯。

伴着“砰”的一声枪响，那夺命的弹药如箭一样射了过来。当硝烟散去，阿诺克斯身上的羽毛纷乱地飘落下来，甚至有几根书写着它以往辉煌纪录的羽毛也被打落了。

然而，阿诺克斯并没有从空中掉落下来——它还在奋力飞翔，虽然翅膀上多了一个洞！阿诺克斯那次在海上冒着迷雾救助海轮的飞行纪录是每小时70千米，现在，“0”字被打掉了，变成了每小时7千米。

而它的前胸肌肉中已经钻进了一些铁砂，每一次振动翅膀都会牵动受伤的地方，而剧痛也会随之传遍全身。就这样，阿诺克斯的飞翔速度立刻慢了下来。但它不曾坠落下来，也不曾落到猎人的手中。

尽管翅膀的力量减弱了许多，伤口处传来的剧痛也让它难以忍受，英勇的阿诺克斯还是在拼命地飞翔着——此刻，回家是它唯一的念头。

在泽西岛的悬崖上，一只游隼常年栖居在此处，众多信鸽均不幸殒命于这只游隼的巢穴里。而这时，它将目光瞄准了受伤的阿诺克斯。阿诺克斯当然也清楚，这里有一只可怕的游隼，以前它总是可以从游隼的利爪下逃脱，然而，现在因为受了伤，它身上的力量正在缓缓地消失，飞翔速度已经让它无法躲避游隼了。

不过，为了回家，它还是像以前一样，向那个悬崖飞去。

两只游隼猛然间从悬崖拐角处出现，它们以闪电般的速度扑向阿诺克斯。啊！一对利爪一下子就嵌进了阿诺克斯的身体。它们将阿诺克斯抓回巢穴，很快就把它的身体撕碎了，那双曾经以速度缔造过无数次奇迹的翅膀，也被残忍地撕成了两半，那些记录着辉煌历史的羽毛凌乱地掉落在游隼的巢穴中。

两年来，始终没人清楚，当初那个参加远距离比赛的优秀信鸽阿诺克斯去了何处。直到有一天，一个猎人打死了悬崖上的游隼并找到了它们的巢穴，在里面发现了很多信鸽的脚环和一些写着纪录的羽毛。

猎人拿起其中的一个银质脚环，上面写着：阿诺克斯，2590C。

法国狼王柯尔赛

一只巨狼

1427年夏天，有一个养牛的人赶着他的牛群到巴黎的近郊，想要把这群牛赶到巴黎的市场去。

当时的巴黎城正好建在了塞纳河上，远远地看过去就像河上的一座小岛。为了防止敌人的入侵，巴黎城的四周建起了高高的石墙。

巴黎和外界的联系在这种情况下就只能依靠塞纳河上的几座桥梁了。连绵的荒地蔓延在巴黎城外，中间是成片的森林，外围则是矮小茂密的栗树、橡树和蔓草丛生的沼泽地。

养牛人就这样赶着牛群走在荒野间弯弯的小道上，然而，正当他刚好看见巴黎城的时候，一头像小牛一样庞大的动物忽然出现在他的面前。原来是一只大得惊人的狼！

被吓了一跳的养牛人迅速举起了枪。但这只狼就像没有看见举着枪的养牛人一样，径直向牛群冲去，并迅速扑倒了一头小牛。养牛人看着被吓得四处乱窜的牛，原本想要同狼死磕的心也顿时凉了下来，于是，他迅速把剩下的牛赶到一起，落荒而逃。

赶牛人和剩下的牛逃跑了，大狼懒懒地抬头看了一眼，却似乎并不想去追赶，只是悠闲地吃起了倒下的那头小牛。

随后，逃走的养牛人进入了巴黎城，他惊恐地向城里的人说起了他的小牛被一只巨大的狼吃掉的事情。人们听了之后都十分好奇："你说的是真的？狼的身体能和小牛一样大，你确定自己没有看错？"

"当然了！那只狼确实长得特别大，你们看见了也会害怕！那只狼看见牛群就迅速地锁定了小牛，然后轻松地咬断了它的后腿筋，又趁小牛动弹不了的时候咬住了小牛的喉咙，一击致命。那轻而易举弄死小牛的劲头，一看就是个老手。"

"对！这只狼好像已经弄死了附近很多人养的羊了，那你就没有和那只狼较量一下？"

"我哪里敢！那只狼的体形实在是太大了，也不怕你们笑话，我的牛都被吓得四处乱窜，我也只好撒丫子就跑。"

"不过也是，确实是走为上策。真的和那只狼较量起来，只怕连你都会丧命！"

“就是！它的个头儿实在太大，人真的很难战胜它啊！”

“是这个理儿，大家都说见到这只狼还是保命要紧，哪怕把牛都扔掉，那也不过是交了一笔过路费。但是，舍不得的话，就只能用自己的命做过路费啦！”

夏天很快就过去了。这时候巴黎民众中间又出现了一些传闻：“那只大狼好像带着今年刚出生的小狼崽子们，从远处看就像带了一帮小喽啰，又来这附近了。”

消息是从一位名叫迪比亚的农民那里传出来的。居住在远离巴黎郊区的迪比亚养了一只大肥羊。有一天，迪比亚想要到巴黎城里卖掉这只大肥羊。

而对于当时的乡下人来说，去巴黎可是一件非常新鲜有趣的事。

于是，迪比亚的妻子对他说：“我也想到巴黎去！”

“还有我，爸爸！”

看着12岁的儿子这样跃跃欲试地央求，迪比亚只好答应：“好吧，干脆我们全家一起去吧，都到巴黎去开开眼界！”

很快，迪比亚就套好了马车，把那只大肥羊装到了上面。

迪比亚其实早就听说过巴黎城外有一只巨狼出没的消息了，可是他没有在意，他觉得，只要全家早早地动身，并在中午之前到达巴黎，就不会有什么大问题。而且冬天还没有来，狼现在肯定也还没有结伴，只要马车上多挂上几个空罐子和铃铛，一定能把狼赶跑。

于是，迪比亚一家就坐上马车向着巴黎城进发了！

9月的天，风和日丽，天气晴朗，阳光暖暖地照在身上，一切都很美好！但是，很快迪比亚一家就遇上了危险。

那只巨狼带着一群狼出现在了巴黎近郊。

拉车的马被吓坏了，它跳了起来，而装在马车上的羊这时候也掉了出来。一哄而上的狼群很快就把羊吃光了。然后，它们又迅速冲向那匹马，并迅速杀死了它。

迪比亚面对着这群凶恶的狼，以马车为盾牌，英勇地同狼群进行了搏斗。然而，他的武器却是那种十分落后的用来砍柴的厚刃刀，一会儿工夫，迪比亚就战死了，而他的妻子和仅仅12岁的儿子也被凶残的狼群咬死了。令人惊惧的是，狼群并没有吃掉之前被咬死的马，而是用刚刚才死掉的3个人填饱了肚子。

对于整个社会来说，农夫一家人被吃掉，似乎是一件微不足道的小事，然而，这件小事却足以引起极度的恐慌。这种恐慌是害怕已经记住人肉味道的狼群可能会专挑人肉来吃而造成的。甚至，从今以后，并不仅仅只有那只大狼吃人，还包括它的部下在内的一群狼！

狼王的尾巴

在塞纳河北岸，有一个到处是乱石的山谷，那里遍地都是蔓草、野蔷薇和矮树。也正因如此，许许多多的洞穴被遮掩了起来。

巴黎人在很久以前曾经为了解决人们的取暖问题而砍掉了这里所有的大树，所以，直到现在，这里都没有一棵大树，几乎全部都是茂密的灌木丛。而这里数目众多的洞穴，也为狼的安家提供了十分便利的条件。

于是，这里便成了很多骑马的人和猎狗都不敢进入的禁区，甚至连猎人都不敢靠近。而许许多多的狼就趁着这个机会在山谷里生儿育女，当小狼长大后，它们就会到巴黎附近的路上横行霸道，袭击牛和羊。

住着很多人的巴黎，是常常需要从外面运送食物来满足城里人的需求的，但3条通往巴黎城的主干道，几乎每条都要通过这几片总是有狼群埋伏的茂密的树林。

很多令人闻风丧胆的大狼都在这些袭击巴黎的狼群

中，像是朔瓦孙黑狼，杀掉达留帮帮主的红狼，咬死3个全副武装的男人、被称为“银色野兽”的巨狼——这3个男人之所以丢了自己的性命，与他们一心要保护一批很值钱的马有关，但这只巨狼的凶残也不可忽视。

农民迪比亚一家就这样被害了，而在他们被害后的两三个月里，狼群又在巴黎农村附近制造了很多恐怖事件，而正如人们所预料的，狼群的袭击目标确实变成了放牛的人，而不是牛群。

此前，狼群首领和它的喽啰们吃了迪比亚一家——它们就这样尝到了人肉的滋味。群狼马上开始效仿这种做法，而且有不断蔓延的趋势。

随着冬天的到来，山里的猎物也逐渐减少，附近的农村和城郊开始源源不断地聚集了很多的狼，不仅因为这些地方有牛、羊、鸡等可以吃的动物，也因为自从害了迪比亚一家后，它们也开始对人肉感兴趣了。

冬天就这样迫不及待地来了，狼群就在这寒冷的天气里到巴黎的近郊洼地上埋伏和袭击人类，仅仅一个月的时间就已经猎杀并吃掉了14个人。更让人震惊的是，狼群已经不限场合地吃人了——它们对家养动物甚至已经不感兴趣了。

而在这群袭击人的狼群中间，始终有一只巨狼，它几乎长得和小马一样大。

到了夜间，巴黎城内外是没有人类出没的，因此，狼群只有在白天才能袭击人类。并且，巴黎一到晚上就会把城门锁得严严实实，拿着石箭的守城人也会出现在高高的城墙上来回巡逻，一旦有狼靠近，就会被攻击。

守城人就曾经打中过那只巨狼，即使巨狼也发觉自己的伤不太碍事，也算不上致命伤，但若仔细观察，还是可以看出来它对石箭的畏惧的。

寒冷的1月份来得很快，这个月被称为“雪花月”，因此导致了到巴黎旅游的人在慢慢减少。人们将家畜赶进了避风的地方，这时候，山野也一下子空旷起来。但与城里人数稀少的情况相比，狼的数量反而一直在迅速增长，它们捕不到猎物，便一大群一大群的从离城很远的地方赶往巴黎。

在狼的数量不断增加的同时，也就意味着食物供不应求，这时，饿了很久的狼群已经开始靠近城门了。

然而，此时的巴黎城里其实也没有余粮了，人们急需往城里运输一些家畜和粮食，但事实上，城外的狼群已经完全截断了这条道路。

在等待的时间里，巴黎城里的人们变得愈发焦躁，但是，很快又传来一个好消息——原来，有一个骑兵队即将护送一群牛进城了！巴黎城的人迅速打开了城门，以迎接骑兵队的到来。

当人们看见护送着牛群的英勇的骑兵队进城，心里都感到一阵兴奋，但当人们看见他们后面跟着的成群的狼时，巴黎城里的人变得十分害怕——他们一面想关上城门，另一面又想等牛群都进来。

就在人们犹豫不决的时候，牛群后面的狼群也迅速追了上来。惊慌失措的牛群相互拥挤，倒是给了狼群蜂拥而入的机会。

人们都赶紧跑进了屋子里，惊慌失措地大喊："快跑啊，快跑啊！狼群都已经进来了！"

于是，值班的人迅速登上了观望台，而街上的牛也乱跑乱撞，四散逃命。

骑兵队反应过来，想要把狼赶出去，但他们胯下的马都受惊了，根本不听他们的指挥，骑兵们拔出银光闪闪的利剑来回挥舞，观望台上的守城人也开始射箭，城里顿时乱作一团。

虽然也有人被袭击，但牛仍是冲进城里的狼的首要目标，在这场混战中，有人被杀死，有狼被箭射死，街上引发了由牛、狼、骑兵造成的持续不断的骚乱。

隐隐约约地，乱糟糟的大街上传来了二十几个士兵的大声喊叫，最初的时候，人们并没有听清，因为嗖嗖飞的箭、咣咣响的石块敲打在铜锣上的声音，哞哞叫的牛、嗥叫的狼、还在嘶鸣的奔跑着的马的声音此起彼伏，淹没了士兵微不足道的声音。

然后，人们忽然听见了城门那里“咔嚓咔嚓”的声音，发现一群人已经跑到了那儿。

士兵们大声地喊道：“快点！快把门关上！把狼都赶到城里防止它们出来！我们快往外跑！”

“是的，我们把狼都赶进城里去，一只一只地干掉！”

男人们不断地叫嚷，此起彼伏的声音连成了一片。这时候，即使狼听不懂人的语言，但看见城门入口即将关上，便也极其敏锐地察觉到了危险，并迅速冲向了大门。

狼群迅速地逃出了巴黎城，但一只只狼都逃出后，那只大狼稍显靠后，就在城门落下之前，上面的铁格子

“当”的一声掉了下来，正好压在了巨狼的尾巴上，切断了正全速奔跑的巨狼的尾巴，那条断了的尾巴也就这样留在了地上。

尾巴变短的巨狼只剩了残留的尾巴根，而它的尾巴看起来就像被砍伐下来的树木一样，于是身材高大，尾巴极短的大狼从那时就开始被人们称为“塞纳狼王柯尔赛”了，因为柯尔赛的意思就是短尾巴。

狡猾的柯尔赛麾下的喽啰实在太多，它们对巴黎附近的居民构成了极大的威胁，居住在这附近的人也都受到了狼王柯尔赛这种血腥的洗礼。

伯爵家的黑影子

1428年，柯尔赛进入了巴黎城，并留下了自己的尾巴。

据说，柯尔赛出生于1424年，也就是说，它3岁的时候就杀死了迪比亚，而断尾巴的时候则是4岁。一般，狼和狗的寿命都是比较短的，和人类的寿命相比较，三四岁的柯尔赛其实相当于人类年富力强的青壮年。

柯尔赛被切断的虽然是尾巴，但如果城门再早落下几分钟，切断的就不可能只有尾巴，而是它的生命了——也可能是因为这件事，一般，只要大门有士兵把守，柯尔赛就不会继续往前靠近。

那是一个特别寒冷的冬天，有4个明显的变化几乎让每个巴黎人都有所察觉。

首先是城里的牛，人们把那场浩劫中幸存下来的牛全都集中到了安全、温暖的屋子里。

其次是巴黎城外的一些居民，他们都把自己的家搬到了有高墙保护的城里——因为这里能保全自己的性命，防备强盗和狼群。

然后是每天被送到巴黎城里的牛，士兵将它们分成了一小群一小群的，严加看管防范。

最后是狼，巴黎城里的居民发现，城外转悠的狼变得越来越多。

几场雪过后，大森林里的食物变得越来越少，而随着狼群越来越饿，它们的胆子也愈发大了。

只要有人进入巴黎城外的森林地带，就会被一拥而上的狼群袭击，然后，成为它们填饱肚子的食物。而且，不论是一个人还是几个人，结果都是相同的——只要进入森林就再也无法走出来。

虐杀人类的同时，狼群内部也出现了自相残杀的现象，同伴们总会吃掉一些身体弱的、受了伤的狼，然而，即使这般，因为新成员的不断增加，狼群的数量也没有丝毫减少的迹象。

见过柯尔赛的人逐渐增加，形形色色的什么人都有，比如牧人和骑士。他们为了杀死柯尔赛已经想了很多办法，也做了很多工作，但始终没有成功。甚至，他们觉得，柯尔赛似乎已经对人类的各种花招了如指掌了。

柯尔赛一定是一只身上附着魔鬼的狼！

人们出门时候的祝福语开始变成:“哦，你要走啊！愿上天保佑你，希望你不会受到柯尔赛的伤害！”

1428年的夏天像往常一样，狼群在巴黎城外转悠着，对每一个即将进城的牛、羊和人都虎视眈眈。

然而这时，另一个灾难也降临在了法国人的身上——法国被外国人进攻了，法国民众也开始被大批地屠杀。

等到秋天的时候，形势变得更加严峻。要为战争做准备的巴黎城从全国募集了大量的粮食，并派遣运粮队将粮食送往巴黎城。然而，狼群不会放过这个机会，它们兴冲冲地在环绕巴黎城的塞纳河附近集结，想要趁机袭击运粮队。

巴黎在第二年的1月末到3月份关闭了所有的城门，并禁止人们外出，因为狼王柯尔赛带领的狼群包围了整个巴黎城。

当又一年冰雪融化，春天到来的时候，武装士兵们身着铠甲迫不及待地跑到了城外，他们被憋了这么长时间，现在，终于能因为国王“带回新的粮食”的命令而出城，到很远的普鲁班斯去了。

很快，当带着粮食的运输队回来，慢慢靠近巴黎城的时候，柯尔赛和它的狼群就出现在他们面前。而且，可以看出，它们对粮食并不感兴趣，运粮的人和马才是它们这次的袭击目标。但挂着铃铛的马车和吹着喇叭的士兵，又实在让狼群无法靠近。

最后，队伍还是安然地到达了城市，他们快速地冲进城门并及时关上了它，这时，洪亮的钟声在诺特尔·达姆教堂响起，那是人们在运粮队归来后对上天表达的感激之情。

那是1429年的夏天，巴黎突然又降临了一场灾难，同样是一场战争——国外战争和国内战争接连爆发，瘟疫也在这时席卷了整个国家。

战争和瘟疫夺走了很多人的生命，狼群又品尝到了人肉的味道。

而现在，即便是隔着遥远的距离，柯尔赛那壮硕的身材和残缺的尾巴也足以让人们认出它来。

有一个著名的贵族的住宅坐落在巴黎城堡的一角，里面曾住着米耶尔伯爵夫妇，而现在，伯爵已经去世，伯爵夫人住在那里。

一个可怕的机关一直在伯爵府邸里——那是一个可以直接通往外面的秘密通道，而通道中途有一块落板，只要有人在伯爵夫人的房间里按一下弹簧，落板就会突然掉下去，然后露出一个大窟窿。而这个大窟窿里的洞穴两侧则会刺出几只短剑，将掉下去的人切成几节，下面湍急的河流会将它们全都冲走。

而这个可怕的装置米耶尔伯爵夫人已经使用了好几次，都是用来杀死她不喜欢的客人的。

一个月华如水的夜晚，伯爵夫人站在自己的房间里向外看了看，她好像看到有客人骑着马过来了，但那匹马上又似乎没有坐着人。

伯爵夫人小心翼翼地从窗户后面窥视，等那匹马离得近一些的时候，她看清了点儿——它确实很像一匹马，但比马要小一些；它总是低着头，看起来比自己还小心翼翼。等“马匹”终于从树影里走出来，伯爵夫人终于完全看清楚了！

天哪！伯爵夫人这时候才看清，那并不是一匹马，而是一只巨大的狼！不过却是只残缺的狼——它长得像个妖怪，尾巴只剩了一小截，像是被砍断的树木。

伯爵夫人立刻就想到了一个好主意！想要轻易地干掉那只狼好像很简单，只要把它引进那个秘密通道不就好了吗？伯爵夫人于是迅速从仓库里拿了一大块肉，然后系到了细绳上，紧接着，她又拖着肉走进秘密通道，扔到了外面的出口。然后，她打开出口的门迅速走进了自己的房间。

走进房间的伯爵夫人从小孔里看着大狼走进了秘密通道，并直接走向了落板，当大狼踏上落板的瞬间，伯爵夫人立刻按下了弹簧。

“咔嚓！”

伯爵夫人按下弹簧的时候，大狼正弯下身子往里走，慢慢地已经靠近了落板，但它对这轻微的声响十分敏感，于是，它猛地拔地而起，居然一下子越过落板逃到了外面。

那次，柯尔赛跑回老巢的时候竟然毫发无损，而且还得到了新的经验。

所以说，柯尔赛除了头脑十分聪明外，运气也是极好的。

队长的计划

严冬到来的时候，地上已经铺上了一层厚厚的积雪。

瘟疫流行的这一年，很多人都因病死去了。而越来越多的尸体也让人们陷入了烦恼中。这些尸体被扔到外面喂狼，狼吃了这些有疫病的尸体就会得病死去，这是人们最普遍的说法。于是，尸体被扔到了外面，然而，狼吃了人的尸体却并没有生病也没有死去。

没有人能够解释这个困惑。但对于这样一个意外结局，却更让人感到害怕，因为狼在吃掉尸体后，对人肉的喜爱又上升了一个档次。人们这次的做法相当于直接告诉狼群——附近的城市有很多的食物，而且还很美味！

等到深冬时节，以柯尔赛为首的狼群蠢蠢欲动，已经团团围住了巴黎城，人们根本无法出门。

那年冬天，塞纳河因为天气太过寒冷而结了厚厚一层冰，而柯尔赛它们每到夜里都会从冰上走来靠近城市，试图找到钻进城市的缺口。

夏里尔国王的宫殿坐落于塞纳河畔。而塞纳河河边是停船的码头，那里有一个水闸，不用的时候，人们就会放下铁格子，铁格子离水面差不多有30厘米。但那年冬天，天气实在太冷，上流的河水几乎全都结冰了，塞纳河的水流量也就变少了，而这时候，铁格子里积的冰差不多厚达一米。

铁格子下面的大缺口很快就被在城外转悠的狼群发现了，虽然柯尔赛在进城的经历中有过危险，甚至差点儿丧命，但饥饿的感觉还是驱使着它带着部下趁机钻进了城堡。

柯尔赛它们在迷宫一样的城市街道间兜兜转转，到达了诺特尔·达姆教堂前，正好遇到了祈祷完毕的神父们。

狼群几乎在瞬间就扑向了手无寸铁的神父们，它们仅用了20分钟，就杀死了所有的神父！

在吃完人肉之后，狼群像来时一样，从那个水闸下的缺口逃走了，而整个过程总共才用了一个小时。

当士兵们赶来，狼群早已踪影全无。

而这一次40位神父同时遇害，令整个巴黎顿时陷入了极度的恐慌之中。

几乎所有的巴黎民众都瑟瑟发抖，甚至连国王都感到了害怕，但国王也没有什么有效的办法。

这时，有一个勇敢的人制订了一个干掉柯尔赛的计划，此人就是巴黎警备队队长布瓦什利耶。他的计划在得到国王批准后就准备立即执行。

布瓦什利耶的计划主要包括了五点：

第一，是从计划开始的这一天，人和动物在两周之内都不得再出入巴黎城。

第二，是巴黎城里的人不得将吃剩下的东西扔到城外去，要让城外的狼没有任何可以吃的东西。

第三，是要想办法增多塞纳河的水，让冰变厚，使得码头下面的铁闸空隙尽可能地缩小，这样，狼群就无法从那里进城。

第四，是人们要把巴黎城里的食物残渣全部撒到诺特尔·达姆教堂前面的广场上，并且，布瓦什利耶还规定，只要宰牛，都必须要在广场上进行，剩下的不能吃的部分，也要全部扔到广场上。

第五，则是在主教堂前面的广场四周筑起高墙，然后，开一个能从外面关上的、装着门的入口，并且把国王的泊船码头到这个入口大街的两侧全都筑上高墙。

等到把一切都准备就绪以后，有一个人就从河对岸拖着牛的内脏走过冰面，一直到国王的泊船码头那里。而这一路上也就留下了食物的气味。这时候，再把泊船码头的铁格子提高，这样一来，狼群就能被这种气味一直吸引到广场，然后去吃那些堆积在广场上的食物。

城里人还听取了队长布瓦什利耶这样的宣告：禁止用箭在城墙上射狼；禁止吓唬狼，比如用大声喊叫、扔东西这样的方式；在整个诱捕过程中人们必须保持安静。

布瓦什利耶这样做也是有原因的——把狼引入广场后，迅速关闭广场那边通向外面的门，这样就能直接将狼一网打尽。

决战

在准备工作完全就绪之后，人们就开始耐心地等待狼群的进攻。然而，与人们的期待恰恰相反，狼群忽然变得小心翼翼起来，并减少了进城的次数。终于，在等到第三天的时候，开始有一两只狼溜进城里，它们偷偷地在广场上吃饱之后迅速地溜掉了。有了一个良好的开端之后，人们忽然发现，进城的狼的数量一直在不断增加。仅仅十几天的时间，教堂前面的广场似乎就变成了狼群的餐厅，每天夜里，人们都会静静等候狼群的到来。在狼群发展到有恃无恐的情况下，人们意识到——时间到了。

警备队队长布瓦什利耶要求部下将准备好的20头牛全部拉到广场上宰掉。现场宰牛的血腥味强烈到让人无法忍受，甚至，在城外很远的地方都能闻得到。果然不出所料，大群的狼当天夜里就聚集在了广场上。由狼组成的队伍挤在整条泊船码头到广场的路上，狼群极其整齐而有规律地向广场行进。看着聚集到一起的狼群全部进入了教堂前的广场上，警备队队长知道，狼基本上都来了。于是，他抬了抬下颚，站起身来亲自关上了广场的大门。之后，他又发动全城的人，鼓励大家积极做好准备，在第二天勇敢地与狼做斗争。

那一夜变得极其漫长，然而，第二天的早晨还是很快就到了。早上的广场依然宏伟，然而，被困在广场上四处游荡的狼，却让人们感到了惊惧，不敢多看一眼。即使如此，还是有很多人挤在建筑物的房顶和高高的窗户上，人们甚至挤满了瞭望塔，希望占到一个最好的位置，来俯瞰广场上即将发生的一切。被围困在广场上的狼群很明显地出现了一些恐慌。一些狼来回走动，四处寻找出口；一些狼偷偷钻进空隙里，想要隐藏自己；还有一些狼相互打架，或者躺在地上闹情绪……

在这恐慌的狼群中，一只沉稳的狼的出现便显得有些突兀。看得出来，那是一只不慌不忙的巨狼，它看似悠闲地来回踱着步，却也同样谨慎地在仔细观察着门的四周，并试图从缝隙里往外看——这只可怕的巨狼就是狼王柯尔塞。时间过得很快，不一会儿，太阳升起来了，阳光照耀着广场，而欢呼声却越来越嘈杂、越来越响亮——“万岁”这样的欢呼声层出不穷。身穿白色服装的圣歌队骄傲地站在教堂旁边的建筑物上，高唱着赞美和感谢的歌曲。

紧接着，警备队队长布瓦什利耶便大声宣布：“开始攻击！”

顿时，士兵们和市民们拿着弓箭就开始放箭。只听一阵“扑通扑通”的声音，一只只狼便接二连三地倒下了，而只中了一箭的狼是不会轻易死去的，很多狼甚至用嘴巴拔掉了射在身上的箭，然后继续咆哮。

在这种紧要关头，连向来懦弱的国王都拿出了弓箭，一直到射完了所有的箭。然后，不过瘾的他还继续全神贯注地拉弓。

狼在广场上来回地跑动，就好像翻卷着漩涡的茶色波浪，虽然已经死去了20多只狼，但更多的狼身上却看不到一点儿伤。

而且，显然，柯尔赛也不在被射死的狼群中间。柯尔赛究竟到哪里去了呢？

广场中央有一个喷水装置，它由四根柱子支撑着，而水则是从柱子支撑的台子上喷出来。

柯尔赛就躲在这里，它十分冷静地仔细观察着广场上发生的一切，即使广场上已经死掉了很多狼，它也一点儿都不慌张，甚至连一丝不安都看不出来。除了柯尔赛，喷水台的下面和教堂后面都藏了几只狼。

到中午的时候，广场上最后一只来回躲避的狼才被人们干掉——狼的尸体几乎铺满了整个广场——血流遍地，就像一片红褐色的海洋。

这时候，包括柯尔赛在内，通过隐藏在安全地带的方式存活下来的狼，一共只剩了10多只。

警备队队长布瓦什利耶召集了所有士兵，对他们说："虽然我们已经杀死了很多狼，但最强悍的柯尔赛和它的喽啰们还没有死，你们想要和我一起到广场上，亲手宰掉那些可恶的畜生吗？"

没等这句话说完，几百个士兵就已经跑到了他的面前。布瓦什利耶从中挑选了20名武艺高超的勇士，这些勇士通过梯子到了广场上，他们排成一排，在国王的窥视窗下，齐齐向国王敬礼，然后直接向右转走向了狼群的方向。

这时候，忽然出了意外！50只猎狗一下子冲进了广场，原来，这是遵照国王的命令来援助布瓦什利耶的专门对付狼的纯种狼狗。

布瓦什利耶于是迅速下达命令："让猎狗先上！"

狼王柯尔赛看到这群狼狗的时候便站了出来，口中发出了一阵可怕的嗥叫，然后，迅速朝着猎狗扑了过去，它手下的狼也紧跟着向猎狗发动了袭击。

柯尔赛群狼一旦进入战斗状态，便变得十分可怕，十几只狼狗片刻之间就已经被杀掉了。

这场狼和狗的战争大概持续了半个小时。

50只狼狗在战斗结束的时候全都死掉了，无一幸免。而柯尔赛群狼却只有两三只受了轻伤，甚至一只都没有死去，柯尔赛依旧活蹦乱跳着！

“好！这次该我们了！上！”

随着布瓦什利耶一声令下，挥舞着枪和剑的士兵们迅速冲了上去。

一个又一个冲上来的士兵被狼群杀死了，即使他们全都精通武艺，并且拿着非常锋利的长枪。

习惯了作战的狼群很快就咬断了5个士兵的喉咙。

人们成群结队地站在广场周围的建筑物上，大声地呐喊助威；国王也不断地挥动着旗帜，为他们加油。

狼群再次逃到喷水台下面的时候，挥动长矛的士兵们接连刺死了它们。

幸存到最后的狼群，是柯尔赛率领的小队，这一小群狼冲破了士兵的包围圈，分散跑向了大教堂，它们在钻进了石砌起来的拱廊下面后便迅速回过头。这时候，除了柯尔赛，也还有5只狼在虎视眈眈。

士兵们团团围住了这几只狼，把手里的长矛和利剑刺向它们，激烈的战斗就此开始！狼的全身几乎都被刺得稀烂，从头到脚没有一处完好的地方，然后，一只接一只地迅速倒下了。

最后，只剩下了狼王柯尔赛！

这时候，布瓦什利耶忽然喊道："等一下！现在，只剩下狼王柯尔赛了，就让我这个巴黎警备队队长来挑战它吧！今天，我要和你单挑，决一胜负！来吧！"

他拿着长枪冲向了柯尔赛，而柯尔赛看着跑过来的人，则蹲下了身子。

从远处看时，柯尔赛似乎在用后脚站立着，但是，事实上，它却是正在瞄准布瓦什利耶。然而，就在它跳起来的一瞬间，布瓦什利耶就用长枪刺穿了它的胸膛，但柯尔赛却没有后退，它顺着刺穿的长枪滑到了布瓦什利耶的近前。

沉重的长枪和狼王一起，压倒了布瓦什利耶。

这时，柯尔赛拖着长枪，扑上来一口咬断了警备队队长的喉咙。他虽然身着盔甲，但对于凶狠的狼王来说，这并没有起到什么保护作用。

警备队队长布瓦什利耶和狼王柯尔赛的战斗结束

了——他们双双躺在了血泊中。

教堂的钟声响了起来，人们兴奋地冲进了广场。

300只狼被人们杀死了，狼王柯尔赛也被人放到了高台上，人们一个接一个地排着队从柯尔赛面前走过，确认它确实死掉了。

教堂的钟声继续敲响，人们开始为舍身杀狼、保卫巴黎的勇敢的警备队队长祈祷。

国王面前的士兵在高喊："柯尔赛终于死啦！可怕的狼王柯尔赛死掉啦！大家快来好好地瞧瞧吧！柯尔赛的统治已经一去不返啦！"

威尼派克狼

惊心动魄的一幕

我第一次见到威尼派克狼，是在1882年。

那年3月中旬，我搭车从位于美国北部的圣保罗出发，横贯大草原，前往位于加拿大南部的威尼派克。本来，我们在24小时之内就能到达目的地，但是，偏偏在这时遭遇了风雪的捉弄——猛烈的东风裹挟着纷纷扬扬的大雪，把我们的去路挡住了。

狂风暴雪发疯一般持续了好几个小时。这样的大风雪天气，我从来都没有见到过。向四周极目眺望，所有的景物都被雪覆盖了，只剩下白茫茫的一片。雪，雪，雪……永不停歇的风雪叫人刺骨难忍，就连拼命挣扎着的火车头也如同困兽一般，最后，终因抵挡不住风雪的威力，不得不停了下来。

几个身强力壮的男人拿着铲子从火车里跳了出来，铲开了阻挡在火车前面的雪。一个小时后，火车终于可以继续前进了。可是，很快火车又碰到了另一个雪堆。

车里的人只好再次下车铲雪，为火车开路。火车夜以继日地开了又停，停了又开，简直让人无法忍受。然而，雪还在不停地下，飞舞着，回旋着。

据铁路局的人说，我们只需22小时就能抵达加拿大的小城野麻松。而事实上，我们却用了将近两个星期才抵达这里。

白杨树在这一带长得十分繁茂，顶住了绵密的大雪。

从这里开始，火车向前行驶得一直都非常顺利。白杨树林越来越茂密了，火车在其中穿行了好几千米。穿过树林，我们就来到了宽阔的平原。在快要到达威尼派克东边的圣孟尼费斯时，我们还横穿了一个宽度约为50米的小草原。

就是在那个小草原的中央，我们看到了惊心动魄的一幕。

一群颜色不一、体形不等的狗围成了一个歪歪扭扭的圆圈，它们正激动地乱蹦乱跳。在离它们不远的雪地上，一只棕色的狗一动不动地静静倒在那里。

在圆圈的最外围，有一只大黑狗正奋力地跳着，叫着；而引起这场骚动的家伙就站在圆圈的中央——它是一只狼。

说它是狼，远不如说它是一头狮子更恰当。它从容地站在那儿，竖起脖子上的毛，脚有力地蹬住地面，眼睛环视周围，显出一副无所畏惧的样子。

它的上嘴唇有些凸起，乍一看，似乎是在做一个嘲笑的表情。实际上，它是在把自己的牙齿露出来，以迎接敌人的挑战。不过，那些狗都对此产生了误解，以为它是在侮辱它们。于是，有一只大小和狼差不多的狗抢先发难，其他的狗也跟着一窝蜂地冲了上来——这次攻击已经是彼此之间的第二十个回合了。

可是，那只巨大的灰狼双颚发出“咯咯咯”的可怕响声，只见它忽东忽西，如同闪电一般进行攻击。很快，狗群中就有好几只狗发出了将死的悲鸣。于是，别的狗立刻就逃散了，只剩下那只狼一动不动、稳稳地站在那儿，脸上依旧是一副嘲笑的表情。

这时，我多么希望这列火车能够像之前屡次被风雪拦阻时一样走走停停啊。因为那只灰狼已经把我深深地吸引住了，让我产生了立刻下车去看个究竟的冲动。可是，火车没有在这儿停下，并迅速掠过了这片积雪的小草原。于是，白杨树立刻就把四周的景物遮住了。

本来，这一幕是不值一提的，谁知，几天后，我却知道了这件事的前因后果。原来，我们在那片小草原上见到的，正是大名鼎鼎的威尼派克狼。

这只狼一直过着非比寻常的生活，它讨厌安静的乡村，喜欢喧闹的都市；它不爱吃羊肉，专门吃狗肉，并且，每次都是独自外出捕猎。它是一个令人感到恐惧的魔鬼，正因如此，最后它才落得被人枪杀的下场。

它那巨大的尸体被人们运到了海因的标本店，然后，在那里被做成了标本，接着又被送到芝加哥世界博览会进行展出，后来，被收藏在威尼派克城的马露梅中学。

可惜的是，这所中学在1896年发生了一场火灾，威尼派克狼的标本也难逃厄运，最终葬身火海。

吉姆和小狼

下面的故事，是关于一只小狼的。

有一个英俊的混血儿名叫保罗，他是一个小提琴乐手，也是一个不务正业的家伙，而且，他非常喜欢打猎。1880年6月的一天，保罗带着猎枪、猎狗外出打猎，他去的那片树林就在威尼派克附近的红河堤岸旁。

很快，保罗就看到了从堤岸附近的山洞里走出来一只灰狼。于是，他马上瞄准开枪，一枪就击毙了它。随后，他又赶着猎狗进入了山洞，想看看里面还有没有别的狼。令他感到意外的是，山洞里居然还有8只小狼。要知道，在当时，每个狼头都能换到10美元的奖金哩！对他而言，这一笔钱可是非常可观的。他今天的运气简直太好啦！毫不费力就能得到几十美元的奖金。

保罗举起猎枪，狠狠地向着小狼们开了枪，他带来的棕色杂种狗也迅猛地扑向了它们。结果，除了一只小狼外，剩下的7只狼崽都被活活杀死了。

那么，保罗为什么要留下一只小狼呢？因为在当地有一种迷信的说法：谁要是杀光了同胎的所有动物，谁就会倒大霉。

于是，保罗带着大灰狼和7只小狼的脑袋，还有那只仅剩的小狼回到了小镇上。

保罗用这些狼头换到奖金之后，就去酒馆里挥霍了。没过多久，他就把钱花光了，不仅如此，就连那只仅剩的小狼也被酒馆的老板抓去作抵押了。

酒馆的老板用铁链拴住小狼，就像对待小狗一样饲养着它。小狼的嘴巴和胸脯长得特别壮实，看上去十分凶狠，镇上的猎狗都不能和它相比。为了让客人得到消遣，酒馆的老板会故意激怒狗，让狗去和小狼打架。

起初，因为小狼的个头儿太小，经常被狗咬伤，甚至有好几次差点儿送了命。不过时间一长，小狼强悍的本性就慢慢暴露出来了，那些狗再也不是它的对手，所以人们主动去招惹它的次数也越来越少了。到最后，放眼整个镇上，都无法找出一条能够抵抗小狼的狗了。

小狼的日子过得十分凄凉，在这个世界上，唯一一个可以逗它开心的人，就是酒馆老板的儿子——吉姆。随着时间的流逝，小狼和吉姆之间的感情也变得越来越深厚了。

吉姆是个调皮鬼，非常爱捣蛋，他之所以喜欢这只小狼，是因为它曾经打败过追咬他的狗。从此以后，吉姆每天都会带着食物去喂它，玩弄它，把它看成了自己的一件玩具。为了报答吉姆的爱护，小狼就不加反抗地随他摆布。不过，除了吉姆，它不会跟任何人玩。

酒馆老板并不是一个仁慈的父亲，尽管他平时也非常疼爱吉姆，但却经常为了一些鸡毛蒜皮的小事生气，并狠狠地抽打吉姆。更有甚者，有时他抽打吉姆，并不是因为吉姆做错了事，而是因为他单纯地想拿吉姆撒气。所以，一旦发现爸爸生气了，吉姆就会躲得远远的，不敢出现在他的面前。

有一天，酒馆老板又生气了，就追着吉姆跑。吉姆迅速躲进了关着小狼的小屋子里。由于酒馆老板在追赶吉姆的同时还在破口大骂，这样一来，就吵醒了睡梦中的小狼。等它弄明白发生了什么事之后，就转身冲着小屋门口，露出了自己那两排闪亮的、尖利的牙齿，仿佛在说："不许你打吉姆！"

当时，酒馆老板非常想当场打死小狼，可是转念一想，要是真的这么做，很有可能会给吉姆带来生命危险，最终，他只好十分不情愿地离开了。半个小时后，他消了气，就把这件事当成笑话，到处跟别人说。

从此以后，只要遇到危险，吉姆就会跑到小狼的屋子里躲避。当然，你也可以这样进行判断：只要看见吉姆又去狼屋里躲着，那他八成又闯祸了。

一鸣惊人的小狼

后来，酒馆老板雇用了一个伙计。这个伙计来自亚洲，性格非常老实，所以，那个小提琴手保罗总是欺负他、恐吓他。

有一天，酒馆老板出去了，只有这个伙计在店里。这时，醉醺醺的保罗又来赊酒喝。伙计拒绝了他的要求，并礼貌地对他说："你老是赊酒喝，却不还酒钱，这怎么可以呢？"

保罗听了他的话，不仅没有反省自身的问题，反而转到了柜台后面，想欺负这个伙计。吉姆恰好看到了这个情景，于是抓起一根棍子伸了过去，结果一下子就把保罗绊倒了。摔倒在地的保罗发现暗算自己的是吉姆，就爬起来摇摇晃晃地朝着吉姆冲了过去，并发誓要杀了吉姆。于是吉姆飞快地跑了出去，然后躲进了狼屋里。

看到吉姆跑掉了，保罗拿着一根棍子跟在后面就追了出去。到了狼屋前，他一下子就把棍子捅了进去，结果没打到吉姆，却打到了屋里的小狼。小狼被激怒了，张嘴就咬住了棍子。

这时，保罗突然发现：吉姆居然正在用颤抖的手指试图把拴狼的铁链子解开，而且眼看着就快解开了。如果不是灰狼正在向前冲，将铁链子绷得紧紧的，恐怕吉姆早就给它解开了。而一旦铁链被解开，灰狼没有了束缚，立刻就会猛扑过来。想到这儿，保罗吓得直冒冷汗，连酒都醒了一大半——独自一人与狼搏斗，简直太可怕了！

保罗听得很清楚，吉姆嘴里正在嘀咕着："往后退一点儿，很快就能解开了！扑过去，咬住他，没错，就是这样！"听到这儿，保罗拔腿就跑，而且跑的时候还没忘记把所有的门都关上，对，是所有的门。

就这样，随着狼变得越来越强壮，它和吉姆之间的感情也越来越深厚。与此同时，小狼还形成了一种与众不同的性格：讨厌狗和喝得醉醺醺的人。

不过，它特别喜欢孩子，那种喜欢简直超乎寻常，而且，它不仅喜欢吉姆，还喜欢其他所有的孩子。这两点在后来的生活中成为它所有行动的力量源泉。

1881年的秋天，生活在威尼派克周围的狼非常嚣张，四处偷袭家畜，为此牧场主们都十分头疼。为了把狼抓住，他们不停地布置毒饵、设下圈套，但是，效果并不怎么好。没过多久，一个很出名的德国人来到了这里。他在俱乐部里给人们提出了建议：对付这些狼的最好办法，就是找来几只优秀的猎狗，彻底把狼群消灭掉。

人们都非常认真地倾听了这个德国人的意见——牛仔们原本就喜欢打猎，所以，大家一致通过了他的建议——养几只优秀的猎狗，然后带上它们一起去打猎。这样一来，就可以轻而易举地把那些令人头疼的狼统统消灭掉了。

果不其然，德国人带来了两只看上去非常凶悍的丹麦种大狗。其中一只是白色的，另一只是黄底带有黑色斑纹的，而且，这只狗的身上还有一块醒目的白色斑纹，使它看上去显得更加凶悍了。

这两只狗的体形都特别高大，体重也都快到90千克了，它们给人的感觉像老虎一样凶猛。德国人跟牛仔们说：不管碰到多大的狼，只要有了这两只狗，就什么都不用怕。

于是，大家都对他的话深信不疑，并跃跃欲试。

德国人还把打猎的方法教给了他们：“只需让这两只狗闻闻狼留下的足迹。哪怕是前一天留下来的足迹，它们也一样能闻出来，并且肯定不会错过。无论狼使用什么方法来躲避、欺骗，它们都能想方设法地把狼找出来。不仅如此，它们还很擅长追逐。如果狼换个方向逃跑，这只黄底黑斑的狗就会咬住它的屁股，把它抛向空中，就像是这样！”

说着，德国人把一块面包抛向了空中。之后，他接着说：“在狼摔到地面上之前，这只白色的狗会咬住它的脑袋，黄底黑斑的狗会咬住它的尾巴，它们一齐用力，就能把狼给分尸了。”

他说得非常生动，在场的每个人都想按照他的建议试一试。于是，他们马上集合起来，出发去捕狼了。可是，3天过去了，他们居然连一只狼都没有捕到。就在他们准备放弃这项试验时，忽然有人恍然大悟，说道：“哦，我想起来了！那个酒馆里有一只一岁多的小狼，我们可以付钱把它买下来，然后用它试试这两只狗的真本事。”

酒馆老板听说有人要买那只小狼，就开始跟他们讨价还价。

“我费了半天劲儿才把它养大了，要是把它杀了，还挺舍不得呢！”

起初，他显出一副非常不情愿的样子，但是，当买狼的人把价钱提高后，他就痛快地答应了。

不过，要想把这只狼卖掉，事先必须瞒着吉姆，否则可能会出问题。

于是，酒馆老板先打发吉姆去了奶奶家。随后，他赶着小狼进了事先准备好的箱子，再给箱子盖上盖子，又钉好了钉子，然后，才把它抬上马车，送到了广阔的草原上去。

一闻到狼的气味，两只狗马上就变得活蹦乱跳的，想要控制住它们可真不容易，幸亏有几个年轻力壮的男人使劲拉住了拴狗的皮带。这时，运送小狼的马车已经来到了，停在与这两只狗相距只有8000米远的地方。人们用了很大力气，才把小狼赶出了箱子。

起初，小狼显出一副非常恐惧的样子，而且看上去有些焦躁，并不理睬招惹它的人，一心只想躲藏起来。可是，当发现自己已经获得自由，而且旁边的人们又在吆喝着对它加以驱赶时，小狼才怀着难以置信的心情，迈着稳健的脚步逃向了起伏不平的南方。

这时，人们解开了拴着那两只狗的皮带，它们立刻大声吼叫起来，并且一跃而起，上前追赶那只小狼。人们也翻身上马，大声喊叫着从后面追了上去。

狗奔跑的速度比狼快，所以，这些人断定：狼肯定逃脱不了。特别是那只白色的狗，以超越猎狗的速度飞驰在草原上，不一会儿就逼近了小狼。看到这种情形，那个德国人简直像个疯子一般大声叫嚷起来。

这时，人们开始打赌了。每个人都认为狗会赢，谁都不觉得狼会赢。所以，问题变了：究竟哪只狗会先把狼咬死呢？

这时，小狼还在用尽全力奔跑，但是，当它跑出去的距离还不到1500米时，白色的狗就已经向它逼近了。

德国人又大声叫着："嗨，大家可要看仔细喽！白色的狗马上就要把狼抛到空中去了。"

刹那间，小狼和白色的狗就扭作了一团，然后它们突然又分开了，随后，白色的狗就后退了——这只白色的狗不仅没有把小狼抛到空中，它自己的肩部还受了重伤，正倒在地上痛苦地打滚呢！尽管它没有被小狼咬死，但很明显，它已经无法继续战斗了。

大约过了10秒，黄底黑斑的狗也露出一副凶相，扑向了小狼。和刚才一样，这场战斗的双方也迅速地分出了胜负。说来也怪，它们好像相互之间连碰都没有碰到，就见小狼迅速地退到一旁去了，而黄底黑斑的狗则一直站在原地打转——从它的肚子里流出了很多血。

再次受到唆使后，黄狗又鼓足勇气扑向了小狼，结果，还是受伤回来了。但是，这回之后，它却再也没有勇气靠近小狼了。

这时，前来助阵的酒馆老板又带来了几只体形更大的狗。解开拴狗的皮带后，人们也拿着棍子和绳子围了上来，想通力合作解决掉这只小狼。

就在此时，一个骑着一匹小马的少年赶到了这里——他就是酒馆老板的儿子——吉姆。

吉姆跳下马背，穿过人群，跑到草原中央，弯下身把小狼搂在怀里，目光中充满了无限的爱恋，轻声低语道："可怜的家伙……"

小狼看着吉姆的脸，摇了摇自己的尾巴。随后，吉姆流着眼泪，对在场的所有人大骂起来，连自己的爸爸都没有放过——要知道，他只有9岁。

大人们既不能反驳吉姆，也不好意思跟他发脾气，只能用大笑掩饰自己的尴尬。他们异口同声地嘲笑那个德国人："还说你的狗厉害，结果，连人家喂养的一只小狼都打不过，真是太没用了！"

泪流满面的吉姆把一只小脏手伸进口袋里，掏出了火柴、口香糖、子弹、玩具枪、打鸟的弹弓等一大堆东西，然后，他从里面挑了一根绳子系在了小狼的脖子上。

吉姆哭丧着脸爬上马背，让小狼在前面跑，跟着他一起回家。同时，他转过头看着那个德国人，嘴里大叫着："我没有让小狼咬你，算是便宜你了，你这个坏蛋！"

亲爱的人

那年初冬，吉姆不幸患了伤寒，病得起不来床了。也许是因为无法见到心爱的朋友，小狼显得非常寂寞，每天都在院子里伤心地嗥叫。在屋里养病的吉姆听了于心不忍，吵着非要小狼进去和他做伴。没办法，酒馆老板只能答应了，把狼带进了吉姆的病房。

可以说，狼就是野生的狗。不过，现在这只“野狗”也跟家狗一样，忠诚地守在主人的床边，寸步不离地看护着生病的小主人。

开始的时候，吉姆的病情并不严重，可是，后来他的病情急剧恶化，到了圣诞节前的第三天，吉姆居然不治而亡。

对于吉姆的死，感到最伤心的，恐怕就是这只小狼了。

吉姆的遗体在圣诞节前夜被运到墓地准备安葬，小狼跟在送殡队伍的后面。当教会的钟声敲响，发出“当当”声的时候，小狼居然非常伤心地大叫起来。那天，当酒馆老板想用铁链把回到后院的小狼拴住时，它突然跳过木栅栏逃走了，从此以后，便不见了踪影。

就在这一年冬天将要过去的时候，一个叫雷诺的猎人带着他美丽的女儿来到了威尼派克，他们住在河边的一间小木屋里。镇上的人跟他说：“在教堂附近的墓地森林里栖息着一只大灰狼，而且，它总是在镇上出没。”猎人听了这话，觉得太不可思议了。他不知道威尼派克狼和小吉姆的故事，但是，他在城镇周围找到了令人感到吃惊的脚印。

第二年圣诞节前夕，教会的钟声又敲响了，发出了“当当”的声音，跟吉姆出殡那天的情形一模一样。突然，一阵悲切的狼嗥声从遥远的森林那边传了过来。那声音既不是可怜的求救，也不是缱绻的求爱，更不是战斗时发出的怒吼，那是一种非常孤寂、非常伤心的声音。

雷诺赶紧跑了出去，模仿狼嗥的声音回应了一声。不一会儿，就从森林里蹿出了一条黑影，它嗅了嗅雷诺坐过的木墩，在那里转了几圈，发现他并不是自己想要见到的朋友，于是，生气地嗥叫了几声，跑向了森林深处。

于是，镇上的人纷纷开始议论："在我们镇上经常有一只很大的灰狼出没，那只狼比酒馆以前饲养的那只还要大3倍呢！"

只要能够找到机会，这只狼就会把狗咬死。对狗而言，它就是一个恐怖的煞星。还有人说，这只狼把喝醉的人也咬死了。这种说法是真是假呢？谁也没有去证实过。

它就是那年冬天，我坐火车途经那片小草原时看到的那只威尼派克狼。当时，我看到许多只狗把它围了起来，真担心它无法抵挡群狗的攻击，心底还曾冒出过立刻下车去搭救它的想法呢！

但是，后来发生的事实证明，我的担心是多余的。尽管我不太了解当时的那场战斗是如何结束的，可是，后来我曾多次碰到过那只威尼派克狼。而当时那些包围它、对它发起攻击的狗，却有好几只再也没有露过面。

就这样，威尼派克狼过着完全不同于其他狼的生活。它离开了森林和平原，每天巡行在人烟稠密的小镇上，过着充满战斗的生活。只要发现了狗，它就会追得它们无路可走。要是狗的数目比较少，或者就只有一只的话，它就会狠心地直接将其咬死。

然而，要是看到带着枪的人，狼就会马上躲起来。它知道枪弹有多么厉害，也能够辨认出下了毒的诱饵。它究竟是用什么方法进行辨认的呢？没有人知道。只是，有很多次，人们看见它经过毒饵时，都是一副什么都没看见的样子，有时，它甚至还会在毒饵上大便！

它对于威尼派克的每一条街道、每一条小巷都非常熟悉。镇上的警察经常看到它如同魅影一般迅速地掠过黎明时的街道。不管是哪只狗，只要闻到周围有这只狼的气息，都会吓得浑身打哆嗦。

在进行了无数次生死搏斗之后，这儿所有的人和畜都将它视作自己的敌人。可是，在它嗜杀的冷血生活中，却有一件令人感动的事情——这只恶魔般的狼，居然从未伤害过一个小孩！

大灰狼

妮特是老猎人雷诺的女儿，今年16岁了。她是一个混血儿，外貌上集中了父母双方的优点，每个见到她的人都会吃惊地说：“哎呀，世界上居然还有如此美丽的姑娘！造物主简直太神奇了！”

凭借天使般的面容，妮特完全可以嫁给当地最有才华、最富有的小伙子。但是，她深深爱着的竟然是那个游手好闲的酒鬼保罗。也许，这是因为保罗非常英俊，而且，他还会跳舞，会拉小提琴，还会油腔滑调地哄骗漂亮女孩吧。可是，他的人品实在太差劲了，甚至有人说，保罗在加拿大南部结过婚，而且有妻有子呢！也许，16岁的妮特还太小，根本不知道哪种人才是值得去爱的！

一天，保罗来到雷诺家，请求雷诺把妮特嫁给他。当然，雷诺毫不犹豫地拒绝了，因为饱经风霜的老雷诺非常清楚：保罗绝对不是一个可以依靠的人。尽管妮特在平时非常听话，可是，在这件事上她却格外固执，完全不听父亲的安排，不想抛弃眼前的情人。她之所以这样做，只是因为她深深地爱着保罗。

于是，在保罗被雷诺赶走的那天，妮特说要去教堂附近散散心——她是一个虔诚的基督徒。父亲同意了她的请求。事实上，妮特欺骗了雷诺，她只是想出去和保罗约会。

妮特穿过积雪，走向河对面。这时，她惊奇地发现，一只大灰狼竟然跟在自己的身后。这只大灰狼一点儿想要伤害她的意思都没有，看上去特别和蔼可亲。所以，这个小姑娘丝毫没有感到畏惧。

等她即将到达约会地点时，保罗出现了。这时，她身后的大灰狼突然发出了非常可怕的吼叫声，并且径直扑向了保罗。保罗看到一只大灰狼向自己扑过来，赶紧慌忙逃窜。

当然，在恋人面前这样做是很丢脸的，后来保罗解释说，自己是去取枪了。但是，你见过哪个人取枪是要爬到树上去的？然而，保罗就是这么做的，他爬到树上去取枪了。与此同时，他也没忘提醒自己的恋人：“妮特，快跑！那是一只狼！”

妮特踉踉跄跄地从冰面上跑回了小镇，找到了保罗的朋友们，跟他们说：“保罗现在正处于危险之中。”

爬到树上的保罗什么武器都没有，他只好折了一根树枝，然后在上面绑上自己随身携带的刀，将其做成一根矛，然后刺向了这只大灰狼，居然成功地刺伤了它的脑袋。这只大灰狼吼叫着，在保罗刺不到的地方躲了起来。很显然，只要保罗敢从树上下来，它就会马上扑上去。

很快，保罗的朋友们赶来了。这只大灰狼发现来了一大群人，于是掉头跑了。保罗总算得救了。

尽管经历了这么危险的事情，可是妮特还是深爱着保罗。但是，雷诺依然不同意他们的婚事。

后来有一天，保罗和妮特私下里约定：他们要私奔。

但是，现在保罗的手上还有点儿活，得等他把这些活干完了才能和妮特一起走。而且，保罗还要从这里离开几天，因为他得赶着狗拉雪橇去远处的城市送货。

保罗所在的公司有自己的狗和雪橇，而且老板特别满意自己训练的3只狗：长毛，技术好，又十分凶悍，是非常有名的爱斯基摩犬！

保罗的技术更是不用说了。他把鞭子高高地扬起，哪只狗要是不听话，绝对会得到一顿狠抽。

威尼派克狼的复仇

一个冬天的早晨，保罗将公司的货物装上雪橇，准备去附近送货。他喝了五六杯威士忌后就精神抖擞地出发了。可是，从此以后，他就再也没有回来。

那天晚上，拉雪橇的狗非常狼狈地跑回到了公司。它们的身上遍布着被鞭打的伤痕，而且沾满了已经凝结的血渍。

令人感到奇怪的是，它们的肚子都吃得溜圆。

人们循着狗的脚印进行追踪，想看看究竟发生了什么。他们在离河边大约2000米远的地方发现了散落的货物。这些货物并没有被打开，仍然完好无损。在与货物相距不远的地方，人们还发现了许多衣服的碎片，这些碎片都来自保罗身上的衣服。

难道是这些狗杀死了保罗，并且把他吃掉了？

公司的人并不这样认为，他们想弄明白事情的真相，于是请求雷诺一起去事发现场进行调查。

老猎人雷诺非常善于查找野兽的痕迹。他们在距离事发现场不足5000米的地方发现了狼的脚印。于是，他们追踪这些脚印走了很远。他们发现：雪橇走到哪里，狼的脚印就出现在哪里。雷诺从这些脚印中得出了一个结论：狼就是冲着雪橇来的，它的目的性非常强。

发现了这个线索之后，雷诺觉得非常兴奋，因为事情的真相马上就要水落石出了。之后，他们又追踪狼的脚印跑到了河的西岸，又在那里发现了甩掉的货物的痕迹。他们对此做出的推测是，可能保罗想减轻雪橇的承重，好让它能够更快地滑行，所以才抛弃了这些货物。也正因为如此，这么多东西才会散落在雪地上。

在徘徊了一阵子之后，狼的脚印显示它突然加快了速度。显然，狼已经明白过来：眼前这个人，就是杀害自己的家人并扎伤过自己的那个家伙！

他们又向前走了1000米之后，就看不见在后面赶着雪橇的人的踪迹了——保罗肯定是发现了从后面追过来的狼，这才从雪橇上跳下去，迅速地向前逃跑的。

就是在这时，车上的东西都掉了下去。

他们也看到了因为遭到保罗不断地鞭打而拼尽全力向前奔跑的猎狗留下的痕迹。从这些痕迹就可以看出来，当时这些猎狗跑得有多快！

很快，人们又在雪地上找到了保罗的刀。由此看来，这肯定是他想跟狼搏斗而一不留神掉在那里的。不过，从这里开始，雪橇依旧在不断向前奔跑，而狼的脚印却消失了。那只狼肯定跳到雪橇上去了。

当时，那些猎狗可能由于恐惧而跑得更快了，所以，并不知道一场流血的搏斗正在后面的雪橇上上演。

没过多久，搏斗就结束了，保罗和狼一起掉下了雪橇。而猎狗则拉着雪橇继续向西边的堤防那边弯过去了，大约走了800米后，雪橇才因绊到树根上而摔坏了。那些拉雪橇的猎狗趁机将套在自己身上的绳子咬断了，接着，它们找到了保罗的尸体，把他吃了个干干净净，然后就挺着圆滚滚的肚子跑回了运输公司。

后来，人们又发现了狼的脚印，它向着东边的森林跑去了。毋庸置疑，这只狼就是威尼派克狼。它的家人都被保罗杀害了，它也被保罗活捉了回来，孤苦无依地生存着。现在，它终于大仇得报了。

事情终于真相大白了：是威尼派克狼杀死了保罗！

雷诺不由得感叹道："这只狼杀死了保罗，等同于救了我的女儿啊！这只狼对孩子们真是太好了！"

嗥叫

因为威尼派克狼杀死了保罗，镇上开始发起规模空前的猎捕行动，人们千方百计地想要抓住它。这天，恰好是吉姆去世两周年的纪念日，即两年后的圣诞节前夜。

镇上的居民发动了能够找到的所有的狗，包括牧羊犬、丹麦狗、爱斯基摩犬，以及来自小镇各个角落的狗。它们背负着同样的任务，那就是追捕威尼派克狼。

上午，他们先去镇子东边的森林里进行搜寻。他们在那里找了很长时间，却连一点儿线索都没有找到。后来，他们接到一通电话，说有人在西边森林的地上发现了威尼派克狼的脚印。一个小时之后，这支浩浩荡荡的猎捕队伍循着新发现的脚印，吵吵嚷嚷地追了上去。

猎捕队伍一直在前进。位于队伍最前面的是一大群狗，它们后面紧跟着骑着马、穿着五颜六色衣服的猎人，猎人后面还有许多步行的成年男人和小孩。威尼派克狼一点儿都不害怕狗，但它知道，拿着枪的猎人是特别可

怕而且特别危险的。

于是，它一直跑向森林那边。这时，骑着马的猎人已经从宽广的平原上穿过，在它跑进森林之前就把它的去路挡住了，这迫使它只能向后折回。猎人已经瞄准射击了，子弹“咻——咻——”连续不断地飞过来。威尼派克狼一边躲避子弹，一边沿着低洼地带逃跑，没过多久就穿过了铁丝网，摆脱了猎人对它的追踪。

然而，一大群狗已经在向它逼近了。这时，尽管它必须独自对抗四五十只狗，但是它却毫不畏惧。

这群狗已经将它团团围住了，但它们谁也不敢靠近它。一只体形非常瘦的猎狗凭借自己的脚力跟它并肩奔跑，但没过多久，就被它狠狠地咬了一口，倒在了地上。

那些骑着马的猎人，看到那么多只狗跟威尼派克狼混在一起，都不敢轻举妄动，只能远远地把它们围住。这时，追逐战已经延伸到镇上了，越来越多的人和狗从镇上跑出来，参与其中。

威尼派克狼跑向它以前常去的展畜场那边。这里的人越来越多，猎人们没有办法开枪，因为一大群狗围住了这只威尼派克狼，如果他们贸然开枪的话，就可能会有意外发生。

于是，光天化日之下，威尼派克狼在猎人面前出现了——这是第一次，也是最后一次。

狼明白了：事已至此，自己已经没有逃脱的可能了。现在，它只想在自己死去之前进行一场轰轰烈烈的战斗。

这3年对威尼派克狼来说是一段十分漫长的艰苦岁月，它每天都过着战斗的日子。现在，它独自一个面对着强劲的敌人——在它附近围着的几十只狗后面，还有很多拿着枪的猎人。但是，它还是和以前一样，勇敢地与敌人进行抗争。

它的嘴唇向上凸起，把尖锐的牙齿露了出来；它那浑厚结实的腹部微微抽动着，火一般的光芒从它那黄绿色的眼睛中散发出来。

狗群开始逼近它了。冲在前头的是镇上的虎头犬，其他的狗跟在后头。它们一步步逼近威尼派克狼，并很快开始与它交战，撕咬声不断响起。狼与狗混作一团，让人无法分清哪是狼，哪是狗。很快，狗叫声突然停了下来，传出了一阵低低的呻吟。

威尼派克狼将红红的嘴巴露了出来，“啪”的一声跳出狗群，矗立在外围，看上去就像是一个勇猛、凶狠的山贼。

这群狗对威尼派克狼发起3次进攻，却都被它击退了。那些最勇敢的狗横卧在它的周围，而最先被它咬死的就是那只虎头犬。狗群开始害怕并向后退缩；而威尼派克狼仍然是一副凛然不可侵犯的样子。

过了一会儿，威尼派克狼似乎等得有些急躁了，就向前走了两三步。就在这时，在一旁等待时机的猎人们将枪举了起来，对着它开始射击。

“砰——砰——砰——”枪声响彻大地。威尼派克狼终于结束了自己战斗的一生，倒在了雪地上。

在威尼派克狼从酒馆离开后的那些日子里，它总是想做什么就做什么，过着无拘无束、自由自在的生活，只可惜，它的生命太短暂了。

它在这种不安稳的岁月中，选择了按照自己喜欢的方式生活，并且勇敢地坚持了下去。它宁愿把生命的酒一口喝完，再潇洒地把酒杯摔碎——在死去之后，它的名字也会被人们永远地传颂下去。

大家是否理解威尼派克狼的心理呢？它为什么要选择那种不寻常的生活方式呢？它为什么总是毫不在意自己遇到的危险，经常出没在这个小镇上呢？

事实上，没人能够断定，它是否知道除了本地之外还有别的更好的地方。一望无际的大地上，到处都能找到可以充饥的食物，它为什么会如此眷恋人类生活的城镇？难道只是为了寻机复仇吗？

不，没有哪种动物会为了报仇而随随便便地用自己的生命当赌注。就算是在聪慧的人类中，有这种不正常想法的也找不出几个——野生动物所追求的，唯有平安度日而已。

既然这样，那么，真正使它对这个城镇如此眷恋的到底是什么呢？那是一股最强大的、万物与生俱来就拥有的力量——爱——小狼对吉姆的爱！

威尼派克狼死了以后，人们把它的尸体做成了标本，之后被镇上的一所中学收藏了。可惜，那所中学后来发生了火灾，这个标本也被烧毁了。从此以后，威尼派克狼的痕迹就一点儿都没有了。

可是，直到今天，威尼派克教堂的老用人还总是对人说："每到圣诞节前夕，钟声敲响的时候，总会从与墓地相距大约一百步远的森林里传出令人胆战心惊的悲痛的狼嗥声，如同回音一般。因为，这世界上唯一一个深爱着威尼派克狼，同时也为威尼派克狼所深爱的少年——吉姆，就安息在那块墓地里。"

松鸡红脖子

松鸡妈妈

松鸡妈妈带着它的12个出生才一天的孩子走下了山坡。这些小松鸡浑身松软，一个个圆滚滚的，像是长满了斑点的绒毛球。

走在前面的松鸡妈妈时不时地回头看看小松鸡们，低声地“咕咕”叫着它们。松鸡妈妈一边向前走，一边还要不断地环顾四周，因为放眼望去，在森林里，松鸡几乎没有什么朋友，倒能看到不少敌人：周围的灌木丛、树上以及天空中，都可能隐藏着它们的敌人。

松鸡妈妈准备带着小松鸡们去小河边喝水，这些孩子们自从出生以来还是头一次喝水呢。

可就在这时，在灌木丛中隐藏的狐狸出现了。

“咕噜噜噜！咕噜噜噜！”松鸡妈妈用十分低沉的声音叫着，告诉孩子们：“赶紧躲起来！”

这些小松鸡有的藏到了一片树叶底下，有的钻到了草根间，只有一只小松鸡没有找到躲藏的地方，它索性紧闭双眼伏在一块黄色的宽木片上了，心里可能在想：“这样就行了，没有人能看见我了。”

松鸡妈妈径直飞向那只狐狸，飞到半路时它假装摔倒在地上，突然就飞不起来了，只能“吧嗒吧嗒”地不断扇动翅膀，表现出一副非常着急的样子。

“哇！多么可口的佳肴啊！”狐狸太高兴了，凶狠地向着松鸡妈妈扑去。

可是松鸡妈妈却出乎意料地飞到了一边，让狐狸扑了个空。

狐狸再次凶狠地扑了过去。可是松鸡妈妈又成功地躲开了。

“哎？！”就这样，松鸡妈妈躲，狐狸扑。2次、3次、4次、5次……重复几次之后，狐狸所在的位置与小松鸡隐藏的地方相距越来越远了。

过了一会儿，松鸡妈妈“嗖”地一下飞到了空中，然后穿过树林飞走了。实际上，这就是松鸡妈妈在遇到敌人时用来保护自己孩子的绝招。

松鸡妈妈飞回到小松鸡们躲藏的地方，轻轻地喊了一声：“孩子们都出来吧。”如同变魔术一般，小松鸡们从四处钻了出来，踉踉跄跄地跑向了自己的妈妈。

中午时，太阳火辣辣地照着地面，把小松鸡们都晒蔫儿了。于是松鸡妈妈把自己的大尾巴展开，好让孩子们钻到下面乘凉。

松鸡妈妈缓缓地踱着步子，小松鸡们则一边在妈妈尾巴下的阴凉里躲着，一边踉踉跄跄地跟着妈妈向前走。

它们终于来到了小河边，刚想松一口气，突然一阵“咔嚓咔嚓”的声音在周围响起。很明显，是有别的动物跑过来了。

松鸡们都非常害怕。但是过了一会儿它们就放心了，因为跑过来的是一只灰兔子。

“自古以来，兔子和松鸡就是好朋友。”松鸡妈妈温柔地对孩子们说。

现在，小松鸡们终于要开始学喝水了。它们紧紧盯着自己的妈妈，生怕错过任何一个动作。松鸡妈妈把头低下，将水含在嘴里，然后把头仰起，使嘴尖朝上，这样水就自然而然地流到肚子里去了。小松鸡们模仿妈妈的样子去做，终于，它们也都喝到水了。12只小松鸡排成一列做着同样的动作，看上去，它们就像是在“叽叽”叫着，挨个儿向河水道谢。

喝完水，松鸡妈妈又将尾巴展开遮好小松鸡们，然后带着它们向草地那边走去。

草地里有个蚂蚁窝，从外形上看，就是一个长满青草的大圆包。

走到大圆包的顶上之后，松鸡妈妈开始用它的爪子刨土。

很快，蚂蚁窝就裂开了，从里面涌出许多蚂蚁，还“叽里咕噜”地滚出了很多如同米粒一般的蚂蚁蛋。

松鸡妈妈啄起一个蚂蚁蛋，然后发出一阵“咯咯咯”的叫声，提醒小松鸡们留心观察。小松鸡们站在四周，认真地观察着松鸡妈妈的每一个动作，特别是它的嘴巴。松鸡妈妈把蚂蚁蛋吃到了肚子里，小松鸡们也试着吃起了蚂蚁蛋。很快，它们就学会了怎么吃东西。

吃饱之后，松鸡妈妈又带着孩子们小心翼翼地移到了小河边的一片沙滩上。

松鸡妈妈在沙子里趴着，不停地用脚把沙子扒到自己身上，然后又“吧嗒吧嗒”地拍打着翅膀。

好奇心旺盛的小松鸡们立刻又学着妈妈的样子做了起来，原来，洗沙浴这么有意思，小松鸡们心情非常舒畅，所以它们在这里玩了很久。就这样，小松鸡们又学会了怎么洗沙浴。

不听妈妈话的后果

小松鸡们翅膀上的羽毛长得非常快，7天以后，它们就可以飞了。可有一个小家伙自从出生以来，就比别的兄弟姐妹身体弱一些。

有一天，小松鸡们正和妈妈一起在树林里玩耍，突然松鸡妈妈喊道：“有敌人过来啦！赶紧飞起来！”其他小松鸡听到妈妈的喊声都飞了起来，只有身体孱弱的这只小松鸡没有动。

后来，松鸡妈妈把孩子们叫出来时，发现单单少了那只弱小的小松鸡——这个可怜的小家伙早就被臭鼬给抓走了。

松鸡妈妈教了这些小松鸡们很多东西，现在，它们不仅知道草莓和蝗虫非常美味，还知道蜈蚣、黄斑胡蜂和毛毛虫等昆虫的味道更好。

松鸡妈妈经常带着小松鸡们去沙场洗沙浴。现在，它们使用的是一个位于山冈上的沙场。其实，刚开始发现那个沙场时，松鸡妈妈并不想使用它，因为别的鸟儿也老是来这里洗沙浴。不过，小松鸡们看到这个沙场后觉得非常兴奋，叽叽喳喳地叫着跑了过去。没办法，松鸡妈妈只好满足孩子们的要求。

但是，过了两周，松鸡一家都生病了，就算吃了东西也一天天瘦了下去，发烧、头痛将它们折磨得浑身软弱无力。

其实，那些沙土里夹杂着许多从鸟儿身上掉落的寄生虫。寄生虫，指的是以寄生在别的生物身体上的方式来吸收营养的虫子，寄生虫的身上一般都携带着病菌。

松鸡妈妈带着孩子们来到了长着黄栌的地方，吃了一些黄栌果。很快，松鸡们的病就好了，一个个又恢复了健康。但令人遗憾的是，还是有两只孱弱的小松鸡死掉了。

而这两只小松鸡却替自己的家人报了大仇。因为有一只臭鼬狼吞虎咽地把它们的尸体吃了个干干净净，然后就被毒死了。而这只臭鼬正是那个把最弱小的松鸡抓走并吃掉的大坏蛋。

不知从什么时候起，这些小松鸡只剩下7只了。在这7只小松鸡里，比较健壮的两只分别叫小傻瓜和小懒鬼。但那只在狐狸来时伏在黄色的宽木片上的小松鸡，才是松鸡妈妈最疼爱的孩子，因为它的身体最好，体形最大，身上的羽毛最美丽，而且最听妈妈的话。

小松鸡们慢慢地长大了，松鸡妈妈就开始要求它们按照大松鸡的方式生活。

小松鸡们都适应得比较好，而有一天却发生了意外。松鸡妈妈和平时一样喊它们:“过来！”然后，松鸡妈妈就飞到了一棵矮树上，小松鸡们也紧随其后飞了上去。最后，只有那个固执的小傻瓜怎么都不肯飞上去。

第二天晚上，这个固执的家伙就被一只貂吃掉了。

大声飞翔法和无声飞翔法是两种常用的飞翔法，现在，小松鸡们正在对这两种方法进行学习。大声飞翔法适用于告诉同伴“现在有危险”，或者吓唬离自己近的敌人，而无声飞翔法则适用于悄悄逃走。

松鸡们都知道这样一句话:“每个月都有不同的食物和敌人。”

9月时，已经没有蚂蚁蛋和草莓了，松鸡们就开始吃谷粒和种子，而这时，它们的敌人也变成了猎狗和拿着枪的猎人。

小松鸡们对于狐狸的样子已经非常熟悉了，但是，对于猎狗它们却一点儿都不了解。

有一天，山谷里来了一个猎人，他就是老卡迪。这次打猎他不仅带上了枪，还带上了他那只长着黄毛的短尾巴狗。

松鸡妈妈立刻就发现了那只狗，马上大叫着：“飞起来！飞起来！”听到妈妈的警告声，小松鸡们立刻飞了起来，但其中有两只小松鸡飞到树上就停住不动了。

“要继续向远处飞！”松鸡妈妈看着它们着急地喊。可是，这两只小松鸡却仍旧一动不动地停在树上，还抱怨松鸡妈妈：“您那么着急干什么！又没什么危险。”

突然，只听“砰砰”两声枪响，这两只小松鸡都从树上掉了下去。原来，猎人老卡迪早就发现它们了。

就这样，这两只不听妈妈话的小松鸡被猎枪打死了。

松鸡红脖子

老卡迪住在多伦多的北部，他非常喜欢打猎，每次打到猎物的时候，他就会感到非常满足。通常来说，狩猎季节是从每年的9月15日开始的，但老卡迪却全年无休地一直在捕猎，因此，松鸡家族每天都要提防老卡迪和他那只短尾巴狗。

经过上次的事件之后，小松鸡们已经能够将狐狸和猎狗这两种完全不同的敌人非常清楚地区分开了。

松鸡一家常在硬木树上停留，这种树长着茂密的叶子，既可以使躲在这里的松鸡们免遭空中敌人的袭击，又可以帮它们躲避地上的敌人。

而松鸡们还是需要防范一下树狸，因为树狸会爬树。只是它爬树时会发出很大的声音，因此，松鸡们都能及时发现并逃开。

到了秋天，树叶开始一片片飘落，树上的果实也都成熟了。这时，小松鸡们也迎来了一个可怕的敌人——老鹰。

气温一天比一天低，松鸡们经常栖息的那棵树的树叶也快掉光了，松鸡妈妈决定带着孩子们搬家，它要找一棵即使到了冬天也依旧枝繁叶茂的树。

“孩子们，你们快过来！”松鸡妈妈喊着仅剩的4只小松鸡。其中3只立刻就飞到了松鸡妈妈的身边，但是最后一只却固执地非要待在那棵光秃秃的树上。

“这里难道不好吗？”这只小松鸡说，“我已经长大成人了，你不要再管我了。”

的确，这些小松鸡们的体形已经长得和松鸡妈妈一样大了。无奈之下，松鸡妈妈只好带着其他3只小松鸡离开了这里。

第二天天刚亮，一只老鹰就从树枝上把这只小松鸡抓走了。

现在，松鸡妈妈的孩子就只剩下3个了。其中有一只体形特别大，它就是松鸡妈妈最疼爱的那只小松鸡。

一点点毛尖儿从小松鸡们的脖子上长了出来，这就是颈羽——这表明它们已经长大了。

体形最大的那只小松鸡，脖子上的颈羽也长得最漂亮，金黄色里闪着红光。它就是以后在这一带赫赫有名的“唐河谷松鸡红脖子”。

“橡子结果月”快要过去了，已经进入了10月中旬。

这一天，松鸡一家正在地上躺着晒太阳。忽然，一声枪响从远处传了过来。

“砰！”

这可把松鸡们吓坏了，刚刚还一副懒洋洋模样的红脖子马上就跳了起来，飞到了圆木桩上，拍打着翅膀，发出“吧嗒吧嗒”的声音。

听到这个声音，它的兄弟姐妹们都感到特别惊讶，同时向它投去了羡慕的眼神。松鸡妈妈看上去则非常欣慰，它心想：“啊！看来这个孩子真的长大了。”

11月时，这3只小松鸡终于完全长大了。

人们也将这个月称为松鸡的“坐立不安”之月。

在这个月里，当年出生的小松鸡们都会变得烦躁不安，四处乱飞。无论如何，它们都要做出一些疯狂的举动才会罢休。

但也有人认为，它们这样做是为了避免经常发生的同族近亲结婚——因为血缘相近的动物成为夫妻，是十分不利于后代健康的。

当雁群飞过空中时，小松鸡们又都像着了魔一般，想要跟着雁群一起飞向远处。于是，它们从母亲的身边离开，高飞而去。

就这样，松鸡一家四散分开了。

快乐的鼓手

红脖子一直往南飞。但是，一个大湖挡住了它的去路，那个湖的面积真的太大了，大到红脖子都感到绝望了，因为它不管怎么飞都飞不过去。无奈之下，它只好按原路返回了。

红脖子回到了自己非常熟悉的唐河河谷。但是，它的妈妈和兄弟姐妹们仍然不知道它的去向。

进入12月之后，天气一天更比一天冷，松鸡们能吃的东西也只有野蔷薇的花籽儿了。

到了来年1月，桦树萌发了嫩芽，可依然有暴风雪。厚厚的积雪覆盖着所有的树木，到了晚上，积雪又结成了冰。在这种环境下，要想吃到树上的嫩芽可就太难了。站到树枝上时，既要提防自己的脚下打滑，又要想办法采摘冰冻的蓓蕾。

但红脖子一点儿都不担心这个。因为，现在的红脖子身上又增添了新的装备——好几排带钩的尖刺长在了它那如同鸡爪一般的脚趾上。

有了这些尖刺，它的脚下就不怎么打滑了，而且还能自如地在雪地上行走。总算度过了1月，却迎来了更加难熬的2月——那可是真正找不到任何食物的一个月份。

红脖子可怜兮兮地在山野中寻找着一切它能吃的东西。但在此期间，它发现了一件特别奇怪的事，拿枪的猎人从来不会进入富兰克堡的高墙里面。“这可真是太好啦！”红脖子想，它打算马上飞到那里，并在那里定居下来。

虽然周围一只松鸡都没有，但是，红脖子并没有感到丝毫的寂寞和孤独。因为不管它走到哪里，都能看见快乐的四十雀。它们总是开心地唱着歌：“春天就要来到啦！”

冬天，四十雀们还是如同往常一样开心地唱着：“春天就要来到啦，来到啦……春天就要来到啦，是千真万确的……”

也许是它们的歌声发挥了作用，天气真的开始一天天变暖了。积雪融化后，一大片长满鹿蹄草的草丛露了出来。鹿蹄草的叶子一年到头都是绿色的。更重要的是，上面还结满了非常香甜的果实，这种食物既美味又富有营养。因此，红脖子这时总能吃得饱饱的。

寒冷的冬天已经结束了，接下来的3月份又被称为“清醒月”。沉睡了整个漫长冬季的大自然彻底苏醒了过来。

一天早晨，太阳还没有升起，突然，一阵嘹亮的“喀喀喀”的叫声在灰蒙蒙的天空中响了起来。这叫声传得非常远，甚至能够响彻整片森林。

这叫声来自著名的乌鸦大队长“银斑点”，它终于带着乌鸦队伍从暖和的南方“度假”归来了。红脖子激动得浑身不断颤抖，它兴高采烈、精神抖擞地来回在一根木桩上蹦跳，还啄出了一种如同敲鼓一般的“咚咚咚咚”的响声。这种响声顺着小溪谷一直往下，穿过森林和草地，整个山谷中都能听到它深沉的回响。

而山谷下面就是猎人老卡迪的小屋。他也听到了这种声音，不由得喃喃自语道：“看来有一只雄松鸡啊！很好，我一定要把它逮回来！”于是他拿着猎枪，悄悄地来到了山谷里。

然而，红脖子早就知道拿着枪的猎人和猎狗有多么恐怖了。

老卡迪默默地走过去，可是聪明的红脖子立刻就察觉到了。它“嗖”地一下就飞走了，而且一口气飞到了离这里很远的溪谷上。最后，红脖子在小河边的圆木桩上落了下来。

这是红脖子出生以来最早啄过的木桩，“咚咚”的鼓声第一次就是从那里发出来的。

红脖子躲开了老卡迪，无所顾忌地拍打着自己的两只翅膀。这种强有力的振翅声听上去就像在敲击战鼓，一直向很远的地方传去。

刚好在这时，有一个小男孩从溪谷路过，听到了那种声音，他吓得立刻跑了起来，一回到家就大喊道：“哎呀！妈妈，不好了！那些印第安人真的准备发动战争了。刚刚我听见他们在那个溪谷里敲击战鼓了。这可是他们要打仗的信号啊！”

当然，那种声音根本不是印第安人要打仗的信号，而是红脖子在跟整个山谷说：“春天到啦！春天到啦！”

红脖子的妻子

红脖子一边在圆木桩上敲鼓，一边竖起尾巴，来来回回地不停走动，欣赏着自己那美丽的、在阳光的照射下闪烁着点点金光的颈毛。更加奇怪的是，红脖子迫切地渴盼有谁能看到它这迷人的身姿！这可是从来没有发生过的事。

有一天，红脖子正满怀激情“咚咚咚”地敲鼓，突然，一阵“沙沙沙”的轻轻的脚步声从草丛里传了过来。它回头一看，呀，原来是另一只松鸡。这只松鸡一直躲在灌木丛里盯着红脖子看呢！

红脖子立刻飞向了它，这可是一只非常美丽的雌松鸡啊！红脖子轻而易举地就赢得了雌松鸡的芳心，让它与自己结为了夫妻。

从此以后，红脖子和妻子一直过着幸福的生活。它每天都会带着美丽的妻子到处转悠，使劲儿敲鼓，日子过得别提有多开心了。

可是有一天，它的妻子突然不见了，急得红脖子在那根老树桩上啄了又啄，一次次地发出“咚咚咚”的声音，大声地呼唤着自己的妻子。

还好，红脖子的妻子再一次回到了它的身边。可是待了没多久，它就又离开了。这次，它并没有回来。这下，红脖子只能每天心烦意乱地“咚咚咚”地敲鼓了。

到了第四天，红脖子像初次和自己的妻子相遇时那样飞到了圆木桩上，并且敲起了鼓。令人感到惊奇的是，跟之前一样，又有“沙沙沙”的声音从灌木丛里传了出来，而且似乎还夹杂着一些可爱的“叽叽叽”的叫声。

红脖子顿时被眼前的情景惊呆了！它看到妻子带着10只小松鸡从灌木丛里走了出来。

“嗖”地一下，红脖子飞到了妻子身边，这可吓坏了那些小家伙们，它们纷纷转过头，冲着妈妈娇滴滴地叫着。

看到孩子们如此眷恋它们的妈妈，红脖子心里感到非常失落。以前让自己十分眷恋的妻子，现在却成了孩子们眷恋的对象。

不过，红脖子很快就适应了这种变化，而且它也爱上了这些可爱的孩子们，它要和妻子一起承担起照顾孩子们的责任。

红脖子开始照顾自己的孩子们了——这在松鸡世界里可不多见。小松鸡们摇摇晃晃地跟在妈妈身后走着。而红脖子不是守护在它们左右，就是远远地跟在队伍后头。

有一天，妈妈带着小松鸡们走下了山坡，但是，个头儿最小的那只小松鸡却远远地落在了队伍后面，它踉踉跄跄地往前追赶着。而正在它后面几步远的一根高树桩上整理羽毛的，就是它的爸爸红脖子。

这时，松树上有一只红松鼠探出了头。“呀！原来是一窝小松鸡！我要把那只落在队伍最后面的走路摇摇晃晃的小不点儿弄到手。”

红松鼠慢慢地从松树影里将自己的身体露了出来。其实松鼠通常都以树木的果实为食，但是，这只红松鼠却想尝尝小松鸡的肉。

红松鼠将注意力全部集中在了小松鸡的身上，根本没有发现红脖子。红松鼠从树上跳了下来，径直扑向那只小松鸡。

在这危急关头，突然飞出了一个黑影，“啾”地喊了一声。随即，“嘎”地一下就打中了红松鼠的鼻尖，把它打翻了，鼻血立刻就顺着红松鼠那难看的鼻子流了下来。红松鼠被打得头晕目眩，摔到了一堆矮树丛里。

现在，小松鸡们太小了，还不能飞，可是，眼看着一个巨大的危险就要降临了。原来，猎人老卡迪带着他的短尾巴狗走进了森林，现在，那只狗正兴冲冲地跑在前面。

红脖子马上飞到了猎狗前面不远的地方，然后装出一副受伤的样子来诱骗它。

猎狗果然上当了，它立刻朝着红脖子追了过来。这种方法红脖子的母亲之前也使用过。红脖子引着猎狗跑向了溪谷下面。

紧跟在后面的老卡迪则走向了松鸡妈妈和小松鸡们待着的地方。松鸡妈妈立刻飞向老卡迪，然后在他前面的地上打了个滚，也装出一副受了伤的样子。但是，它的这个方法并不能使老卡迪上当。

“这种假装受伤的伎俩可骗不了我。”老卡迪随手折下一根树枝，用它去敲打松鸡妈妈，却被松鸡妈妈轻松地躲过去了。

老卡迪继续敲打它，但是依然没有成功。耐心用尽的老卡迪猛地抬起猎枪。“砰”的一声枪响之后，松鸡妈妈那原本十分美丽的羽毛变得粉碎，轻飘飘地落了下来。

“这附近肯定还藏着一群小松鸡。”老卡迪开始四处寻找小松鸡们。但是，他找了很久也没有发现小松鸡们的身影。

小松鸡们当然就在附近藏着，而且，已经有几只小松鸡被老卡迪踩死了。但是小松鸡们牢牢地记住了妈妈的话：“赶紧躲藏起来！”所以，就算敌人走过来并用力地踩在自己的身上了，小松鸡们也没有动一下。

老卡迪离开了一会儿之后，红脖子才赶回了这里。

看到散落在周围的松鸡妈妈的羽毛和沾满血迹的肉片，红脖子马上就明白刚才发生了什么。

红脖子呆愣在原地，一直盯着那些沾满血迹的羽毛，那都是自己妻子的羽毛啊。

雪洞

红脖子从悲伤中清醒了过来，它想起了自己可怜的孩子们，它们刚刚失去妈妈，这世上恐怕没有比这更悲惨的事情了。

“孩子们快点儿过来！”红脖子这样呼唤着自己的孩子，紧接着，草丛中便跑出了6只小松鸡。之后，不管红脖子如何用力呼唤，都再也没有出现其他小松鸡了，因为它们都被老卡迪踩死了。

红脖子承担起了原本松鸡妈妈的责任，开始照顾小松鸡们，它将很多知识都教给了小松鸡们。而且，每当有敌人来的时候，它也总是在它们身边守护着。

红脖子机灵又聪明，把孩子们照顾得非常好，6只小松鸡健康地成长着，身体一天天地强壮起来。

自从妻子被猎人打死以后，红脖子就不再敲击树桩了。但是，看到自己的孩子们渐渐长大了，红脖子又恢复了以前的活力，重新振作了起来。

有一天，它从那个老树桩旁边经过，情不自禁地跳了上去，又开始“咚咚咚”地敲起来。

小松鸡们都蹲在树桩上，看着爸爸敲鼓，脸上满是崇拜的神情。

转眼间，又到了“坐立不安”之月。已经长大的小松鸡们就像当年的红脖子一样，心情变得非常特别。

“啾……”

“啾……”

“啾……”

小松鸡们一只接一只地都飞走了。其中3只飞到了离这里很远的地方；另外3只也飞出去了，但它们只在唐河河谷周围转了转，一个星期后就又飞到红脖子身边了。

没过多久，就进入下雪的季节了。

红脖子带着3只小松鸡飞到了一棵大树旁。一个被风吹成的雪堆正堆在那里，红脖子第一个飞进了雪堆里，小松鸡们紧随其后也钻了进去。雪花又开始在天空中飘起，渐渐地把它们弄出来的洞口封住了。就这样，松鸡们被雪堆严严实实地包住了。

雪堆里很暖和，红脖子和小松鸡们在那里面好好地睡了一晚。第二天早上，红脖子刚刚睡醒，就对着小松鸡们喊道：“喂！亲爱的孩子们！快使劲儿飞起来！”

听到爸爸的命令，小松鸡们开始使劲儿拍打翅膀，积雪随着它们的动作慢慢散开了，之后松鸡们便开心地飞到了外面的世界。

雪堆里非常安静也非常温暖，而且，在那里还不用害怕被敌人发现。从此以后，红脖子和小松鸡们都喜欢上了在雪堆里度过漫漫长夜。

有一天夜里，气温稍稍升高了一点儿，天空中最初的飞雪变成了雨夹雪，没过多久，又变成了冰冷的雨水，而且因为雨水的缘故，积雪也开始一点点地融化。可是到了后来，气温又回落了，刚刚融化的雪水不一会儿就结成了冰，周围仿佛被罩上了厚厚的冰层。

当然，红脖子和小松鸡们待的雪洞也没有例外。

到了第二天早上，红脖子正准备像平时一样，把头上的积雪抖落飞到外面去。可是这次，它头上的积雪却变成了厚厚的冰层。

“咚咚咚”，红脖子不得不啄起冰块来。但是，冰块实在太硬了，它啄了半天也没办法在上面啄出一个洞来。时间慢慢地过去了，因为不断撞击，它的头和嘴都开始疼起来，力气也快要用光了，更糟糕的是，它这时已经饥肠辘辘了。

焦急的喊叫声隐隐约约地从附近传了过来。和红脖子一样，小松鸡们也被封在冰罩里了，它们哀求地喊着，盼望爸爸能够把它们救出来。但是，红脖子真的已经心有余而力不足了。

整整一天时间，红脖子始终都在雪洞里啄着头顶上的冰层，终于在上面啄出了一个透亮的白点。

从早上忙到晚上，又忙到第二天早上，随着时间的流逝，红脖子终于将头顶上的冰层啄得比别的地方亮了，最后，它用尽全身仅剩的一点儿力气，向那个明亮的地方啄去。就这样，冰层破了，红脖子也总算从雪洞里出来了。

“咕咕咕……”红脖子开始呼唤小松鸡们，这时，传来了一个微弱的声音。红脖子马上跑向了传出声音的那个雪堆，疯了一般对着上面的冰层又是用嘴啄又是用脚刨。

终于，一只灰尾巴小松鸡从雪洞里摇摇晃晃地走了出来。

“咕咕咕……”无论红脖子怎么努力呼唤，都没有再出现应答的声音——另外两只小松鸡已经在冰洞里死去了。

等到天气变暖冰雪融化时，这两只小松鸡才得以重见天日，可那时，它们就只剩下一堆皮骨和羽毛了。

可怜的灰尾巴

红脖子和唯一的女儿相依为命，艰难地度过了这个冬天，因为它们在雪洞里遭遇的劫难消耗了很多能量，所以得用很长时间才能完全恢复健康。

“咚咚咚，咚咚咚咚……”虽然冬天还没有彻底结束，但是天气暖和的时候，精力得以恢复的红脖子又开始敲鼓了，这就使它们的踪迹被暴露了。

“好啊！原来那只雄松鸡还没死啊！这次我一定要捉住它！”老卡迪拿着猎枪、带着猎狗开始漫山遍野地搜寻红脖子。

红脖子早就意识到，老卡迪和他的猎狗又来了，而且它早已从之前和他们打过的多次交道中，知道了如何才能从老卡迪的猎枪下逃走。

有一天，红脖子又遇到了它的老对手，但这次只有老卡迪一个人。红脖子在路边茂密的矮灌木丛里隐藏着，老卡迪的脚步声渐渐逼近，但它还是一动不动地躲在那里。

当老卡迪走到与红脖子相距只有一米远的地方时，

突然听到了“叭叭叭叭——啾——”的声音，原来是红脖子大声扇动翅膀，高高地飞了起来。

老卡迪大惊失色，立刻握住猎枪，“砰”的一声冲红脖子开了一枪。

然而他只打中了前面的大树。红脖子早就钻到那片树荫里，飞远了。

“真是个可恶的家伙！”老卡迪气得不停跺脚，而红脖子早就消失得无影无踪了。

在那一带红脖子非常有名，甚至，有几个猎人来到森林里的目的就只是为了打死这只美丽的松鸡。

但是比起对森林知识的了解，红脖子可强过他们太多了，他们根本奈何不了它。

老卡迪和红脖子又相遇了几次，他还向它开了几枪，可每次都没打中。红脖子就如同一位魔法师，总是在树影里或土堤上消失得无影无踪，因而子弹也只能打到树上或土堤上。

“简直气死我了！等着吧，红脖子松鸡，我一定要亲手干掉它！”老卡迪说。

有一天，老卡迪在一个土堤下隐藏着，然后对猎狗下令：“快去吧！”

他打算让猎狗去追赶松鸡，把它追到土堤这边。

红脖子早就觉察到老卡迪来了。它一边“咕咕咕”地叫着，一边飞向了一棵大松树。它是在告诉女儿：“危险！有敌人来了！”

这时，正在山冈上的小松鸡刚听到爸爸发出的警告声，就见一只短尾巴的猎狗向自己这边跑了过来，于是它吓得大叫一声，飞到了空中。红脖子躲在一片树荫里召唤小松鸡：“这边，这边，快往这边飞。”

当时，红脖子隐隐感到周围的土堤下有些不对劲儿，似乎有什么东西正隐藏在那里。

猎狗猛扑向小松鸡灰尾巴。灰尾巴吓得大叫着飞起来，躲开了猎狗的攻击。它的振翅强劲有力，钻过了两棵树之间的缝隙，马上就要飞到那片开阔地了。

突然，随着“砰”的一声枪响，灰尾巴掉了下去。

它正好途经隐藏着老卡迪的土堤。

灰尾巴痛苦地扇动着翅膀掉在了雪地上。它熬过了寒冷的冬天，也艰难地在雪洞里活了下来，可是它最终依然无法战胜人类的猎枪。

老卡迪一把将被他打落的灰尾巴拾起，现在，他打算去收拾红脖子了。

很快，老卡迪和猎狗就走到了红脖子的周围，这时，红脖子已经没有安全起飞的机会了。如果它现在飞起来，就可能会被枪杀。

红脖子屏住呼吸，在猎人和猎狗走过之前，它一直纹丝不动地藏在那里。

消失了的鼓声

现在，又只剩下红脖子自己孤零零的一个了。那支残酷的猎枪以及它的主人，一个一个地把它的亲人都打死了。

“不管怎样，我们都要逮到那只红脖子松鸡。”老卡迪对他的猎狗说。

猎狗伸着舌头，开心地摇着尾巴，好像是在说：“没错！没错！”

之后，老卡迪又带着猎狗对红脖子进行过几次追捕。

而红脖子呢，依靠自己超乎寻常的智慧，多次从对手的猎枪下逃脱了。

到了“雪花月”，红脖子依然没有得到喘息的机会，到处都是追捕它的猎人。但是没有一个人能抓住它。

山谷里的积雪渐渐变厚，老卡迪和其他猎人在山里行走起来也越发困难了。

“难道就没有什么能够抓住红脖子吗？”老卡迪苦思

冥想着。

有一天，他一边敲打着膝盖，一边喃喃自语：“哈哈！总算想出一个好主意了！我要给它下绊子，用结实的蔓草做成的绊子。”

之后，老卡迪就把许多捕鸟的绊子安装在红脖子经常去的地方了。其实那些绊子很简单，只是用蔓草结成的圆圈。可要是那些小动物一不留神把头或脚伸进圆圈里，就很难再拿出来了。

老卡迪还在路上安装了许多绊子，可因为野兔有时也会被绊在里面，所以，这些绊子都被它们用尖利的牙齿咬断了。

有一天，红脖子远远地看到天空中出现了一个孤单的小点儿。

“一定是老鹰！”这样想着，红脖子就跑了起来，忽然，它的一只脚被什么东西给绊倒了，它使劲儿往前拉了一下，结果整个身体猛地被牵了回来，之后就被吊到了半空中。

红脖子不由得大叫起来，它用力拍打翅膀想要飞走，可是它的一只脚却被牢牢地绑住了。

老卡迪终于捉到了红脖子，还把它倒挂在树上。

“吧嗒吧嗒……”红脖子一直在拍打自己的翅膀，起初，它还拍打得十分强劲有力，后来却慢慢地变得越来越微弱。红脖子经受着饥饿和严寒的双重侵蚀，更糟糕的是，它的一只脚被死死地套住了，它一点儿都动不了了。

一整天的时间，红脖子始终被倒挂在那里，它一直在挣扎着，不断拍打着自己的大翅膀，身体的痛苦也在不断蔓延着。

到了半夜，这种痛苦变得越来越严重。红脖子被套住的那只脚已经变得麻木了，它的头也因为长时间的倒挂而充血了，眼睛也看不清了。

红脖子的身体结实而又健壮，这曾使它无数次从猎人的枪口下逃脱，可是现在，也正因为这副结实而又健壮的身体，它才不会立刻死去，只能慢慢地煎熬着，忍受着痛苦的折磨。

“啊！让我快些死去吧！”红脖子在心里默默祈祷着。

时间一点一滴地过去了，天终于亮了。红脖子又熬过了一个白天，然后，四周彻底黑了下去，夜晚又到了。

这时，突然有一个黑影出现了，是一只猫头鹰。很快，猫头鹰就发现了红脖子，并且朝着它冲了过来。猫头鹰用它那强劲有力而又锋利无比的爪子一下子就抓出了红脖子的心脏。

红脖子的羽毛也被猫头鹰撕碎了，像彩虹一样的漂亮羽毛被北风吹得漫天飞舞，看上去非常凄凉。

现在，在唐河河谷里连一只松鸡都看不到了。春天到来时，也不能在森林里听到那振奋人心的“咚咚咚”的鼓声了。

白驯鹿的传说

驯鹿首领

这片土地非常神奇。

高耸的山峰银光闪耀，白雪笼罩着山谷。有一片辽阔的平原就位于山峰与山谷之间，那里的积雪早已彻底消融，只留下了星星点点的白色。

这个平原十分奇怪！这里随处可见岩石和贴地而生的矮草，却连一棵大树都没有。当然，这里也有树，但只是一些弯弯曲曲并且十分矮小的小树。这是为什么呢？因为有强悍的风持续吹过这里。

这块神奇的土地位于欧洲北部一个气候寒冷的国家，它的名字叫挪威。与南部的国家比起来，地处北欧的挪威拥有十分漫长的冬季。就算到了夏天，这里的山顶上依然会有积雪。雪水在溪谷间形成的冰河，即便是在夏天都不会融化。

这时，挪威山地的昼夜温差非常大，太阳与严寒进行着激战。白天阳光照耀着大地，气温升高，到处都暖洋洋的。可一到晚上，严寒就会把地上的温暖一扫而光。

毕竟，春天的气息是阻挡不了的。小鸟的身影已经开始出现在空旷的天空中。小花儿悄悄地绽放在向阳的岩石上和一些小小的植物上。它们迎风摇曳，如同一面面小小的旗帜，快活地唱着："春天到啦！春天总算来到啦！"

山坡下，小河里的冰也开始融化了，河水开心地唱着春天的歌："哗啦啦，哗啦啦……"

在小河旁的小屋里住着老斯贝卡姆。冰化了，水车也开始"咕咚咕咚"地转了。就这样，流水声与水车声开始了轻快的合唱。可是不管它们的合唱有多么高亢，都无法掩盖那清脆的鸟鸣声，鸟儿仿佛是在唱："万岁！万岁！挪威，万岁！"

这只小鸟是多么奇妙啊！它站在水车上唱歌，忽然"扑腾"一声，钻到了水里，安闲地开始散步。

人们用"森林的精灵"来称呼这只鸟。也有人说，它并非一只鸟，而是一个小人妖。

传说在很久以前，有一个小人妖住在挪威的山上。据说，这只能够在水底散步的鸟就是传说中的那个小人妖。

"太阳很快就要落山了。"老斯贝卡姆一边听着小鸟的叫声，一边望着对面的山峦喃喃自语。突然，他看见在从平原延伸到远山的一片银白中，有一片茶色的土地在微微颤动！

地面在动！莫非是妖精出来使得地面发生了震动？其实，那片移动的地面只是一群驯鹿。

一头健壮的母驯鹿跑在驯鹿群的最前面，它是驯鹿群的首领。通常，动物群的首领都是雄性的动物。尽管这群驯鹿里有很多雄驯鹿，它们的鹿角也非常漂亮，但是，奔跑在最前面的那头母驯鹿却是这群驯鹿中理所当然的领导者。

这时，驯鹿们正在一边吃草一边一点点地向前移动，只有驯鹿首领没有动。它心事重重地站在那里，好像在思考着什么。它的嘴里衔着草，目光呆呆地注视着远方。然后它又想到："不行，我得待在驯鹿群的最前面。"

可是过了好半天，驯鹿首领依然待在原地，注视着远方的森林。

冬天的时候，驯鹿群一到晚上便会走进森林里，因为在晚上，森林里的气温要比平原上的气温高。可是现在，这群驯鹿好像并不准备去森林，因为这时的晚上已经开始变得暖和了，更何况，森林里还有许多可恶的马蜂呢。驯鹿首领非常清楚这一点，但它依然固执地注视着森林。

驯鹿们吃着草，从首领身边一个接一个地走了过去。最后，它们的身影在远处的山坡上消失了。但是，驯鹿首领并没有追上去。

它独自走进了森林，走进了那满是蜂群的森林。难道它只是想从伙伴们身边离开，独自前往某个地方吗？

驯鹿首领蹚过了一条小河，河水把它的气味洗去了。现在，不管是敌人还是伙伴都不能通过跟踪它的气味找到它了。它走进森林后，来到了一个被岩石围起来的地方，那里的树木和蔓草把它的身体遮住了。

过了一会儿，驯鹿首领用脚尖对着一团白色的东西拨弄着，然后又伸出舌头不停地舔着它。天哪！那居然是一头浑身雪白的漂亮的小驯鹿！

这不为人知的一幕，全被那只叫“小人妖”的小鸟看到了：驯鹿首领生下了一头雪白的非常漂亮的小驯鹿！

这只鸟再也无法抑制内心的激动，快活地唱了起来：“万岁！万岁！挪威，万岁！”

勇敢的小白驯鹿

走出森林后，驯鹿母子安然无恙地回到了驯鹿群里，母亲仍旧是理所当然的首领。

劳尔是老斯贝卡姆的一个朋友，他的脾气十分暴躁。

一天夜里，劳尔来到了山里的小河边。突然，他看到远处有一点白色。

“哎呀！那里的雪还没有融化吗？”劳尔心想。

这时，那点白色却开始动了。

“哈！终于化啦！”劳尔刚想喊出来，可他仔细一看，不由得大惊失色，天哪，那居然是一头小小的白色的驯鹿！原来这个小驯鹿就在驯鹿群里，只是其他驯鹿身体的颜色与周围的景色融为一体了，一下子无法看出来而已。

驯鹿群里别的小驯鹿，都在小白驯鹿旁边围着。

与同龄的小驯鹿比起来，小小的白驯鹿既强壮又聪明。那些身体虚弱又不听话的小驯鹿一个接一个地死去了，而小白驯鹿却茁壮地成长起来。

白驯鹿和驯鹿群里的那些成年驯鹿都知道，响起“咔嚓、咔嚓”的跺蹄子的声音时，就表示有敌人来犯了。

“咔嚓、咔嚓”，警报拉响了！

小小的白驯鹿马上回到了首领妈妈的身边。而这时，不知道又有哪个小伙伴，糊里糊涂地就变成了敌人的美食。

小白驯鹿在学习各种智慧的过程中，一点一点地成长起来了。不经意间，它的头上已经长出了尖锐的鹿角。

有一天，再次响起了“咔嚓、咔嚓”的警报声。忽然，一只凶猛可怕的狼獾从岩石上跳了出来，径直扑向了最前面的小白驯鹿。

小白驯鹿将四条腿叉开，用自己尖利的鹿角向着敌人冲去。狼獾原本打算向着小白驯鹿的后背扑过去，不料却被对方尖利的鹿角刺中了身体。刺中狼獾后，小白驯鹿也因冲得过猛而扑倒在地上了。这时，一旁的首领妈妈也迅速向狼獾发起了反攻。

小白驯鹿再次一跃而起，用自己短小而尖利的鹿角刺向敌人。狼獾早已倒在地上死掉了，但是小白驯鹿依然不断地刺向它。它的头和角已经被狼獾的血染红了。

往常十分温顺的小白驯鹿在面对强敌时竟然变得如此勇猛，而这也成了它一生未改的品格。正因如此，后来，有几个想打它主意的猎人都差点儿送了命。

一到秋天，老斯贝卡姆就会和劳尔一起外出捕猎驯鹿，然后从中选择一头来拉雪橇。

这一年，小白驯鹿已经3岁了。到了秋天，老斯贝卡姆对劳尔说："马上就要到捕猎驯鹿的季节了。"

用于拉雪橇的驯鹿必须身体强壮，外形美丽。当然，从一开始，他们就不谋而合地将那头白驯鹿作为了自己的目标。

"它是最优秀的！"他们都承认这一点。

把驯鹿群围起来之后，这头白驯鹿的状况仍然超出了他们的预期：强健的身体，浓密的鬃毛，十分结实有力的鹿角，再加上它那雪白的身体，不管从哪个角度来看，它都是理所当然的驯鹿之王。

"走到近前去看，它一定会更优秀。就让它来拉雪橇吧！"老斯贝卡姆和劳尔一拍即合。

但要想让一头驯鹿来拉雪橇，的确是一件非常困难的事情。驯鹿在大自然里自由自在地放松惯了，不管怎样都不会听人摆布。

人们得慢慢地驯服它们。

要想驯服驯鹿，有两种办法：一种是用很长时间慢慢地与它们亲近，一点一点地将其驯化；另一种是对它们非常严厉，使它们无条件地听从人类的吩咐。

老斯贝卡姆开始驯服白驯鹿了。

老头儿十分温和地对白驯鹿说："喂，你想不想开始练习拉雪橇啊……对啊，得先给你取个名字……唉，叫什么好呢？嗯，有啦！叫斯图尔巴库（意为"强大的马"）如何？这可是一个听上去非常大气的好名字啊！好！就叫你斯图尔巴库啦！"

于是，这头白驯鹿就被人们称为斯图尔巴库了。

白驯鹿与老斯贝卡姆

“喂！斯图尔巴库，去给我拉雪橇吧！”老斯贝卡姆十分温和地说。但是白驯鹿无论如何都不肯听话。

劳尔忍不住开始变得焦躁：“让我来驯服它！我肯定能让它服从我的命令！”

劳尔取过缰绳，“啪”的一声猛地抽打在白驯鹿的身上，“你这家伙，也太瞧不起人了！”他大声叫着。

这时，白驯鹿扬起后腿，如同闪电一般快速地踢向劳尔。

“哎呀呀！这个家伙，太厉害啦！”劳尔将雪橇推翻，钻到了下面，这才避开了白驯鹿的进攻。

此后，白驯鹿再也不听劳尔的命令了。相反，它倒渐渐适应了老斯贝卡姆的方法，而且慢慢地开始听他的话了。

终于，白驯鹿彻底适应了拉雪橇。有一天，老斯贝卡姆对它说：“斯图尔巴库，你也参加这次拉雪橇比赛吧！你肯定能得冠军！”

后来，斯图尔巴库和老斯贝卡姆居然真的获得了冠军。从此以后他们一发不可收拾，甚至还拿下了绕湖一周的全长为8000米的比赛。

斯图尔巴库每获得一次胜利，老斯贝卡姆就在它的头上系一个小银铃。就这样，随着一场又一场的比赛，它头上银铃的数目也不断地增加。斯图尔巴库在一片悦耳的银铃声中，变得更加英姿飒爽、神采飞扬了。

那时，恰好有一个赛马比赛。获得冠军的马叫布尔达，它刚为自己的主人赢得了巨额奖金。

老斯贝卡姆走了过去，让布尔达的主人欣赏了一下白驯鹿得到的奖赏。然后，老斯贝卡姆对他说："如何？敢让你的马和我的斯图尔巴库比一比吗？获胜方可以得到另一方之前赢得的所有奖金。敢不敢啊？"

"没问题！来吧！"布尔达的主人立刻接受了老斯贝卡姆的挑战，并且忍不住偷笑起来，他心想："我的布尔达怎么可能跑不过一头驯鹿呢？"

"那就这样决定了。加油啊，斯图尔巴库！"老斯贝卡姆抱着白驯鹿的头对它进行鼓励。

他们决定布尔达和斯图尔巴库的比赛内容是绕湖一圈，它们并列起跑，先到者为赢。

"开始！"

随着一声枪响，布尔达和斯图尔巴库都跑了出去。

布尔达一下子就冲到了前面，斯图尔巴库则被落在了后边，而且很快就被落下很远了。

“加油，斯图尔巴库！”人们对着白驯鹿喊着，为它加油助威。斯图尔巴库迈开步子，扬起雪尘，接着往下跑，而且速度也慢慢地变快了。但是，布尔达依旧处于领先的位置。

半路上，布尔达因为太过着急，偏离了比赛路线，并因此绕了一个大弯。

斯图尔巴库的速度越来越快，和布尔达之间的距离也在慢慢地拉近。

“加油！斯图尔巴库！干得好！加油！”老斯贝卡姆大声喊着。

白驯鹿紧跟在马的后面，并渐渐逼近了这匹马。

跑到拐角处时，白驯鹿和这匹马已经并肩而行了。

“布尔达，一定要赢它！”

“斯图尔巴库，努力啊！”

人们开始大声叫喊。

过了一会儿，马的脚下突然一滑，身体失去了平衡。就在这时，白驯鹿一下子超过了它，在众人的注视下跑过了终点。

“万岁！”

“斯图尔巴库赢了！”

“哈！斯贝卡姆，恭喜你呀！”劳尔对老斯贝卡姆表示祝贺，之后又说，“斯贝卡姆，可不可以让我也坐坐斯图尔巴库拉的雪橇？我也想试试坐在风驰电掣的雪橇上是什么感觉。”

“好啊！你去坐吧！”

劳尔刚坐上雪橇，白驯鹿就飞快地冲了出去。坐在雪橇上的劳尔，也和老斯贝卡姆一样，非常得意。

白驯鹿一路疾驰，劳尔的心情简直太好啦！但一不留神，他又犯了脾气暴躁的老毛病。

“继续加速！”劳尔“啪”的一鞭子抽向了白驯鹿。忽然，白驯鹿四脚钉地，猛地停了下来！它站在原地，转过头来，斜着眼睛瞪向劳尔。

白驯鹿瞪大双眼，愤怒的火焰充满了它那绿色的眼睛，它的两只鼻孔还“呼呼”地往外冒白气。

“快来帮帮我呀！”劳尔大惊失色，跳下雪橇，然后像上次那样，钻到雪橇下面，缩起了身子。

斯图尔巴库打着响鼻，踢得雪四散纷飞，还用自己的角把雪橇掀翻了，然后开始对劳尔发起攻击。

这时，一个小男孩跑了过来，一直跑到了这头大发雷霆的白驯鹿跟前。

“太危险啦！”人们都为他担心起来。可是小男孩已经抱住了鹿头。

太奇怪了！暴怒的白驯鹿居然一下子就平静了下来。

原来这个男孩儿就是小库努克，也就是老斯贝卡姆的儿子，他和自己的爸爸一样，深爱着白驯鹿。

这天发生的事情，一下子让老斯贝卡姆和白驯鹿声名远播。没过多久，整个挪威都知道了老斯贝卡姆和斯图尔巴库的名字。

“那个斯图尔巴库啊！它拉着老斯贝卡姆的雪橇，只需20分钟就能跑完10千米的路！”

“据说当雪崩袭击侯拉卡尔村时，斯图尔巴库救出了全村的人！”

这样的故事接连不断地流传开来。

没过多久，白驯鹿居然真的立了大功。

有一天，小库努克一不留神把河里的冰踩破了，掉了下去。眼看河水就要将小库努克淹没时，白驯鹿挺身而出，冲过去，救出了小库努克。当时河水十分冰冷，白驯鹿却坚持把小库努克救回了岸边。

白驯鹿斯图尔巴库可真是既勇敢又善良啊！

签名

原本，挪威和瑞典是亲如兄弟的友好邻国。可是现在，两个国家之间的战争却一触即发！

“这可如何是好？”

许多民众三五成群地聚集在整个挪威的街头巷尾，并不断地议论纷纷。

在人群聚集稍多的地方，人们常常能够看到一张熟悉的脸，这个人就是布尔古雷宾科。因为他的名字有点儿长，为了方便起见，我们用布尔古来称呼他。

布尔古的头脑非常聪明，而且很有钱。走到人群里，他总会不停地絮叨：“大家为了自由，全都站出来吧！要是不打仗，我们怎么能得到自由呢？各位，你们只需真心鼓足干劲儿就行了。有了战斗的意志，我们就能拥有强大的力量！”

打仗需要强大的伙伴，人们只是为自己没有足以取胜的力量而担心。布尔古说我们是有伙伴的，我们的伙伴就是“强大的力量”。

可是，究竟是什么才是所谓的“强大的力量”呢？人们对此一无所知。他们只知道，这个人是国会议员，非常有钱，还认识很多有实力的政治家；此外，他非常爱国，所以，他说的话肯定是对的。

布尔古四处走动，向聚集在一起的人们不断重复那几句话，并且每次都要说上很多遍。

因为总是听到这些话，慢慢地，人们开始觉得布尔古说的话就是对的了。起初，他们还怀疑过：“这到底对不对呢？”随后他们渐渐觉得：“那应该是对的吧。”接着他们想：“不会有错的。”最后他们都认为：“肯定是对的。”

等人们彻底相信了这些话以后，布尔古是这样说的：“好！就这么定下作战的事了。接下来，为了表示我们的决心，大家开始签名吧！要是看到你签名了，别人也会跟着往下签的。这样一来，我们就能拥有更多的朋友。而朋友人数的增加，是一件特别重要的事！”

人们都觉得：的确如此。

但其实，这是一个恐怖的圈套。

布尔古想当挪威首相，但他始终未能如愿，因为他没有找到合适的机会。怎么办呢？于是，布尔古决定通过欺骗不明真相的人们，达到对付自己对手的目的。他的具体办法如下：以战争为借口，向人们征集签名，再以此作为他们叛国的证据。

然后，判定这些人犯了叛国罪，让他们统统受到惩罚。这样一来，他就成了在战争中拯救挪威的英雄，并因此立下大功，赢得足够的政治资本，然后凭借这一点他就可以谋取首相的职位了。

布尔古辗转全国各地，到处参加集会，不断地演讲并宣扬自己的论调——“以强大的力量为伙伴”。

最后，布尔古说：“赶紧签名吧！让大家看到你们的签名，具有实力的同伴的签名！”

布尔古的伙伴们一个个把自己的名字写在了上面。

“既然大家都签了，那我也签吧。”人们也纷纷把自己的名字写在了布尔古的纸上。

“这些都是爱国者的签名。签名的人越多，我们在这场战争中获得胜利的希望就越大。赶紧来签名吧！所有人都签名吧！”布尔古卖力地喊着。

签名的人越来越多了。

到了冬天，雪花纷纷扬扬，又把挪威覆盖了。即便如此，人们依旧四处集会，继续议论这场战事。布尔古仍然在这些集会中间穿梭，到处向人们征集签名。

即便如此卖力，布尔古还是没有获得他真正想要的签名，一个都没有。所以他需要征集更多的签名，以确保他的对手们也会在上面写上自己的名字。

政要们集会的日子一天天临近了。布尔古要想当上首相，必须获得那些人的签名。

在集会的日子来临之前，布尔古还有两个重要的集会要参加，挪威的著名人物也在那里聚集着。

其中一个集会的参与人数大约有20人。跟平时一样，布尔古演讲完，就照本宣科地拿出了一张纸："赶紧把名字……"

人们一个接一个地把自己的名字写在了上面。最后，这张纸被传到了一位老人手中。

"我要请求您的原谅。"老人说。

"为什么？难道您胆怯了吗？"布尔古问。

"不，不是的。但我既不认字，也不会写字。"老人说。

"那……可就一点儿办法都没有了。"布尔古他们都同意了老人的请求。

等集会一散场，老人就走到了外面。一头白驯鹿正套在雪橇上，在那里安静地等着他。

是的，这位老人就是老斯贝卡姆。而那头白驯鹿，自然就是斯图尔巴库了！

开始的时候，老斯贝卡姆就认为这件事非常可疑，所以，他并没有在纸上签名。

老斯贝卡姆长期接触的都是淳朴的从不撒谎的大自然，因此，他一眼就看穿了那些满嘴谎言的人类。

之后，老斯贝卡姆问他的一个同伙："你刚才签名的时候，在那张纸上看到布尔古的名字了吗？"

那个人一脸慌张地说："没有啊！"

"果然如此！我感觉布尔古有问题。必须把这件事告诉参加下一个集会的人们。"

可是，布尔古已经乘坐一匹快马拉着的雪橇，前往举行下一个集会的城镇了。而且，他已经出发了一段时间了。

老斯贝卡姆走到斯图尔巴库身边，解下了它头上会暴露他们行踪的银铃。然后，他坐上了雪橇，大喊道："嗨！走喽！"

雪橇无声无息地疾驰而去。

布尔古的诡计

白驯鹿奔跑的速度越来越快。这可是击败过冠军马匹的斯图尔巴库！他们距离布尔古乘坐的雪橇越来越近了，白驯鹿依然速度如飞。按照这样的速度，他们用不了多久就能追上布尔古，并能在森林拐弯处把他超过去。那样可不行，因为会被布尔古发现的！

“斯图尔巴库，慢一点儿！”老斯贝卡姆喊着。白驯鹿很快就放慢了速度。

过了一会儿，到达森林了。布尔古乘坐的雪橇从森林的拐弯处滑过去了。

老斯贝卡姆却没有让白驯鹿拐弯，而是径直跑向了河那边。那里只有一条结冰的河，而没有路。老斯贝卡姆让白驯鹿驾着雪橇越过冰河，走向一条近道。

“好了，斯图尔巴库，这回全力奔跑吧！加油啊！”

听到老斯贝卡姆的鼓励，白驯鹿跑得越来越快。

就这样，老斯贝卡姆和白驯鹿在没有被布尔古发觉的前提下，顺利抵达了那个城镇，而且还提前了很长时间。

老斯贝卡姆一走进城镇的集会场，就马上告诫人们："千万不要签名！不然的话将会非常危险。"

很快，布尔古也到达了会场，又开始进行他的工作，并且继续宣扬他的理论。

之后，他当然依旧拿出了纸，让大家在上面签名。

但是这次没有一个人签名。

"你们这是怎么了？看，我已经征集了这么多签名了！"布尔古说。

依然没有人签名。

"怎么回事呢？"布尔古觉得这令人难以置信。他走来走去，对聚集在一起的人们进行观察。突然，他看到了那个白胡子老头。他是上一个集会中唯一没有签名的人。这时，他居然在这个城镇的集会上出现了！

布尔古可是非常聪明的，很快他就发现事情有点儿不对劲儿。

"老头儿怎么会在这个城镇出现呢？刚才离开那个城镇时我比他走得早，而且乘坐的还是一匹快马拉着的雪橇。这……”

布尔古觉得事情有点儿蹊跷。不过，这个狡猾的家伙却假装没有看到老斯贝卡姆。

很快舞会开始了。这是布尔古举办的带有政治欺骗目的的舞会。

布尔古在舞会上听到了人们的议论：

“今天，大名鼎鼎的白驯鹿也来到我们这里了。”

“是啊！据说那头白驯鹿奔跑的速度特别快。”

“何止啊！简直就是快如风啊。它曾经可是打败过一匹快马冠军呢！”

“谁是这头白驯鹿的主人啊？”

“就是老斯贝卡姆呀！”

听了他们的话，布尔古才恍然大悟！怪不得那个老头儿比自己到得还早呢！然后，他开始算计了：“下一个城市的集会更加重要，要是能从老头儿那儿把白驯鹿弄过来，我一定能最先到达那里。好！去跟老头儿借用一下他的白驯鹿吧。”

实际上，布尔古马上找到了这个城镇的政治家，说想征用老斯贝卡姆的白驯鹿和雪橇。

其实，老斯贝卡姆并不想把白驯鹿和雪橇借给布尔古。可是，这个城镇里最有名望的人都出面替布尔古说情了，老斯贝卡姆根本就无法拒绝。没办法，老斯贝卡姆只好把白驯鹿和雪橇借给了他。

老斯贝卡姆来到了白驯鹿的身边。正在睡觉的白驯鹿听到了老斯贝卡姆的声音，就慢慢地站了起来，看上去依然睡眼惺忪。

布尔古看到动作缓慢的白驯鹿，非常生气，猛地踢了它一脚。

“噗……”白气从白驯鹿的鼻子里喷出。

“别踢我的驯鹿！”老斯贝卡姆非常生气，吼叫道。

布尔古冷笑着，坐上了雪橇。

“我得和你一起去。”老斯贝卡姆说。

布尔古说：“我还有急事呢，没法带上你！你还是去坐马拉的雪橇吧！”

无奈之下，老斯贝卡姆只好坐上了马拉的雪橇。而布尔古早就私底下叮嘱那个人：“尽可能地跑慢点儿！”

因为白驯鹿跑得太快了，布尔古担心自己会从雪橇上掉下来。所以，爬上白驯鹿拉着的雪橇后，他就把自己的身体绑在了雪橇上。

第二天一早，老斯贝卡姆就乘坐着马拉的雪橇出发了。白驯鹿也像箭一样拉着布尔古冲了出去。要是布尔古事先没有把自己的身体绑在雪橇上，恐怕他早就被甩出去了。布尔古顿时怒火中烧，不过看着被远远地落在后面的老头儿，他又笑了，怒气瞬间化为乌有。

白驯鹿迅速奔跑着，弄得四周都溅起了雪花。

“真刺激！简直就像是在天上飞啊！”布尔古极度兴奋。拉着雪橇居然还能跑这么快，简直就是一个奇迹，真是不可思议！它的速度在上坡时与下坡时相比居然没有任何变化，都是那么快！

一旦白驯鹿的速度稍稍慢了一点儿，布尔古就会大嚷大叫:“快跑！快！再快一点儿！”

其实，所谓的速度稍慢，也是相对而言的。与别的动物比起来，它的速度依旧快如飞。

这时，狂风开始怒吼了，白驯鹿非常清楚，暴风雪马上就要到来了，因为空气中的气味已经把这个消息告诉了它！

可是，布尔古却对此一无所知，他只会嫌白驯鹿跑得太慢，于是使劲儿用鞭子打它。

“快跑！再快一点儿！”布尔古不停地喊着，鞭子如同雨点一般落在白驯鹿的身上。白驯鹿跳了起来，差点儿把雪橇翻过去。愤怒的火苗从白驯鹿的眼里喷射出来，速度顿时加快不少。大地呼啸着不断向后疾驰而去。

终于，暴风雪来了。在暴风雪来临之前，那只叫“小人妖”的小鸟不知从哪里飞了出来。它落到石头上，叽叽喳喳地大声唱了起来，那声音如同一首歌：

哦，
挪威的命运，
挪威的幸运！
疾驰的驯鹿，
看不见的小人！

布尔古也听到了小鸟的歌声，但他不知道这歌声是从什么地方传过来的。他用手在胸前摸了摸，那里鼓鼓囊囊的，装着很多人签了名的名单。

要是布尔古在下一个城镇能顺利征集完签名的话，

他就很有可能会当上首相。

“嗯！那可是挪威的命运和幸运。快点儿到达下一个城镇吧！”

“啪！啪！啪……”布尔古一下又一下地用鞭子抽打着白驯鹿。

风一般的白驯鹿拉着雪橇从平原上疾驰而过，在路旁卷起一溜儿雪雾。迷茫的雪雾中，人和雪橇都变成了白色的。

一户人家在平原上居住。他们看到窗外如幽灵一般一闪而过的白色身影，不由得感觉不寒而栗。而坐在雪橇上的白色幽灵还在使劲儿挥舞着鞭子。

道路开始变得曲折了。

白驯鹿已经忍无可忍了，愤怒的火山马上就要喷发。那小鸟亲切而柔和的歌声还在它的耳边回响着，在与老斯贝卡姆家相距不远的山上，把它带到这个世界上的就是歌声。

因为在聆听小鸟的歌唱，白驯鹿的速度在不经意间就慢了下来。布尔古用力地抽打着它:“混蛋！”

突然，白驯鹿来了个超级大回转。在极速奔跑中进行大回转是非常危险的。雪橇一下子就翻过去了，并且朝着雪堆冲了进去。

白驯鹿依旧在快速奔跑，拖得雪橇支离破碎。因为布尔古把自己的身体绑在了雪橇上，所以他只能和雪橇一起来回地在雪地里滚动，并因此吃尽了苦头。

白驯鹿之所以进行这样的大回转，就是想把雪橇上的那个讨厌鬼甩掉。可是，他却拼命抓住了雪橇。

布尔古费了半天劲儿才翻了过来。这时，白驯鹿却一直跑向了小鸟的歌声传来的地方。布尔古顿时怒火中烧，又挥舞起了手里的鞭子。

这时，小鸟巧妙地落到了白驯鹿的鹿角上，并且大声地唱着：

来到了！
来到了！
幸运的一天来到了！
挪威的诅咒，
抹去了！

听到这个声音，布尔古更加愤怒了。

白驯鹿一听到小鸟的歌声，就向着坎坷不平的雪地冲了过去。“吧嗒”一声，雪橇跳了起来，并剧烈地摇晃着，绑在上面的布尔古就只好随着它时而飞向空中，时而又摔到地面。

“混蛋！居然不听我的话！”布尔古疯狂地鞭打白驯鹿，想让它按自己的指令跑。

但是，白驯鹿再也不听从他的摆布，只按照自己的意愿飞速奔跑。

最后，布尔古拿出了布袋里的刀子，抓住刀柄，将刀尖对准了白驯鹿的后腿。为了让它停下来，他准备切断白驯鹿后腿的筋。

“嘿！”布尔古用刀子刺向白驯鹿的腿。

“啪”的一声，飞速奔跑的白驯鹿用后腿将刀子踢到了空中。

白驯鹿一路狂奔。随着白驯鹿的奔跑，雪橇和布尔古不断地上下起伏跳跃。

一路上，布尔古不停地喊叫、咒骂，到了最后他居然开始向上天求助：“老天爷啊！”

驯鹿的眼中已经布满了血丝，从它鼻子里冒出的粗气把暴风雪都吹走了。它冲到了一个崎岖不平的山冈上面。

它究竟要去什么地方呢？

那是白驯鹿自己想要到达的地方。上坡、下坡，白驯鹿如同一只在波浪中飞翔的海鸟，箭一般地奔跑在暴风雪中，就像海鸟从海面上掠过。

哦，远处的山峰啊！那里远离人类的喧嚣，那里是大自然的怀抱，那里是白驯鹿和首领妈妈以及伙伴们一起生活过的地方！白驯鹿正朝着它日思夜想的家乡疾驰而去。

白驯鹿向着那条暴风雪肆虐的山道冲了过去。这条道路是那样令人怀念，它和自己的伙伴们曾在那里奔跑嬉戏了3年！

白驯鹿已经把身后的雪橇和雪橇上的人彻底抛在脑后了，现在，不管身后的人怎样叫骂、哭喊，它都再也听不到了。

这时，它的心中仅剩下一个念头："去山上！"

只要把这座山翻过去，故乡就不再遥不可及了。

在白驯鹿身后，雪浪四处飞溅。没过多久，它就在风雪苍茫的深山中消失了。

白驯鹿和雪橇的踪迹很快就在疯狂的暴风雪中消失了。它们如同突然从天地间失踪了一般。没有人知道究竟发生了什么，也没有人知道它们去了什么地方。

但是，有一件事是可以肯定的：签过名的人都没有被惩罚，因为布尔古和那些签名也失踪了。挪威与瑞典之间的战争并没有开始。没过多久，两个国家就又和以前一样友好相处了。

还有一件事，大家都知道，白驯鹿戴过的那一大堆

银铃还在老斯贝卡姆手里。

“斯图尔巴库去哪儿了？有人看到它在雪地里急速飞驰，可从此以后就没有人见过它了！”

说着说着，老斯贝卡姆长长地叹了一口气。之后，他把一个巨大的铃铛系在了白驯鹿的铃铛带子上。这次，白驯鹿确实立了一个大功，挽救了许多人的生命！

此后，谁也没有看到过白驯鹿，更没有人提起那个狡猾的布尔古。

直到现在，在那遥远的群山中还流传着这样一个故事：

在一个暴风雪袭来的早上，狂风夹着大雪猛烈地向着森林吹去。忽然，一头高大的白驯鹿冲破风雪疾驰而来。火焰从它的眼中喷射出来，无论身后坐在雪橇上的白色幽灵般的男人如何大喊大叫，它依旧一路狂奔。最让人感到奇怪的是，居然有一个穿着茶色衣服、长着白胡子的小人儿站在白驯鹿的角上。一路上，小人儿都在快活地唱歌、跳舞，还不时向附近的人弯腰致意：“挪威万岁！白驯鹿万岁！”

原来，这个小人儿唱的歌与小鸟唱的一模一样。

沙漠中的小妖精

小妖精

这是一个简陋、低矮的房子，也是我在格伦堡的居所。它的墙是泥做的，屋顶和墙壁都是干泥巴。围绕在河床两边的都是沙土，并且，不远处的山丘也是由泥土堆积而成的。每当覆盖在山丘上的霜冻融化后，这片古老的土地就得到了滋润。

对于从富饶的曼尼托巴湖来的陌生者而言，这个地方有些平淡无奇，毫无吸引力。不过，我越了解它，就越觉得这个地方是人间天堂。这里的任何一棵棉白杨的痕迹，好像都在证明着这里曾经有河流流过，那些低矮的杂草丛和灌木丛也呈现出勃勃生机。而且，无论白天还是晚上，我每天都可以在这里认识新朋友，或是了解关于这里的原住居民的真实情况。

白天的时候，这片神奇的土地是人类和鸟儿共有的，不过，一到夜晚，这里就是四足动物的天下。我在睡觉之前，会仔细地对它们的举动进行观察，并因此而经常失眠。我每天早晨都要迎着鸟儿的叫声起床，去看看晚上留下的那些脚印是哪些动物的。

我不断地研究着，当然，其间也曾出现过一些失误。其中，有一两次，当一只美洲山猫出现时，我竟然错误地将它当作臭鼬。不过，很快，我就弄明白了美洲山猫和臭鼬的区别，而且，以后再也没有犯过同类的错误。

有的时候，我会发现一些危险的踪迹。一次，我发现了一只大狼留下的脚印。从脚印可以看出，它沿着小路走过来，一直走到了我的门口，它与我的门距离相当近，不过，它随后就停了下来，略作停顿之后，就转身离开继续去寻找猎物了。

山狗、棉尾兔、长耳大野兔也常常从我的房子前面经过，并且，它们都会在次日早晨同时消失。我将它们的到访情况记录下来，就这样，我逐渐了解了它们的生活习性。

在这些脚印中，有一个印迹是特别神秘和独特的，它就如同女士紧身衣的带子，交织着一重重复杂的线。它是新鲜的，并且是前一天晚上留下的。那里有太多这样的印迹而且不断地重复，这可真是匪夷所思。

最初，这些印迹似乎是相当多的两足小动物留下的，它们紧挨着。不过，在这里，两足动物只有人类和鸟儿，这些脚印很明显并不是任何一种鸟儿留下的。于是，我开始将这类证据收集起来。

首先，这里有许多非常小的、两足的、身上有毛的动物每天晚上都会在月光下起舞。它们的身材很小，互相紧挨着跳舞。没人知道它们来自什么地方，也没人知道它们会去什么地方。它们或许是可以隐形的，要不然，如何逃过眼睛敏锐的山狗呢？

假若这件事情发生在英格兰或者爱尔兰，所有人随时随地都可以解释这种隐形、毛脚，并且可以在月光下起舞的两足小动物。原因是什么呢？当然，他们会说，随便哪个笨蛋都知道——这就是精灵，并且，只可能是精灵，或是妖精。不过，在新墨西哥，至少到目前为止，我还没有听到过与这方面有关的事情。

我也不信这个世界上存在妖精，那么，这究竟是什么动物呢？

一天夜里，在柔和的月光照耀下，一块小石子略微动了一下，这块小石子非常小，小到你可以放在手心上。如果再仔细一瞧，啊！那并非小石子，而是一只小动物！它长着一根长长的尾巴，尾巴尖上还垂着一根白穗子。当它的尾巴摇起来时，就如同在摇动一面小白旗。它的长相与老鼠几乎一样，那颗小脑袋上嵌着一双大眼睛，而且在滴溜溜地转个不停，样子太可爱了。

不过，若你仔细观察，你就会发现，它与普通的老鼠还是存在不同的。它的后脚比前脚要大得多，看上去和袋鼠非常像。很明显，它与老鼠是同类。不过，因为它长了一双大脚，因此，人们称它为“袋老鼠”。

原来，那在沙土上留下一串串小脚印的小妖精，就是这个小巧可爱的袋老鼠！我们干脆称它为迪普吧。

那么，这个迪普是如何生活的呢？我们一起去偷偷地看一看吧。

迪普正在用前爪不停地挖着地面，一直在挖着，不曾停下片刻，那劲头就如同拼命一样。在昏暗的月光下，看上去就像是一块小石头在蠕动。

一转眼之间，迪普就将一条蛴螬虫挖了出来。看来，它饿惨了，两三口就将虫子吞了下去。蛴螬虫是一种营养丰富、水分充足的食物，甚至与水果相差无几。可以说，在滴水难求的沙漠里，蛴螬虫就如同迪普的“宙斯”。

实事求是地说，蛴螬虫就是迪普的救命恩人。水是一切动物的生命之源，迪普就是依靠吃蛴螬虫来

为自己补充水分的。除了吃虫子以外，它还吃植物，它不挑食，与它的窝距离很近的很多植物它都吃。刚吃完虫子，迪普就在一根矮树枝上蹭起了肩膀。这时，一股淡淡的麝香味飘散开来，这是它留下的记号。

迪普将这麝香味当作自己的好帮手，一方面，这种气味可以帮迪普联络朋友，另一方面可以帮迪普辨认自己的住处。

就在这时，一大片黑影正在向迪普逼近。是沙漠狐！它想偷袭迪普！

迪普一向机警，想将它抓住可没那么容易！只见它“嗖”地一下蹿了起来，然后，蹦蹦跳跳地逃走了——那样子简直就像一个蹦来蹦去的乒乓球。就这样，它将沙漠狐远远地甩在了后面。要知道，高超的弹跳力和奔跑速度是迪普保命的撒手锏。

尽管迪普逃脱了沙漠狐的魔爪，但是，它却与自己的家相距越来越远了。不过，无须担心，迪普自有回来的办法。果然，很快迪普就迅速地返回了家中。奇怪！这沙漠大得没边儿，每个地方差不多都是一个模样儿，迪普怎么能那么准确地找到自己的家呢？

原来，迪普的脑袋里有一个奇怪的设备。这个设备位于它的耳朵两侧，那是一个看上去很蓬松的凸起处。

这个凸起处的作用是什么呢？原来，在这个凸起的地方长了一根相当长的骨头，不过，这并不是一根普通的骨头，它的里面有一种特别的液体，在这种液体里，有一根如同小针一样的东西漂浮着。除此之外，这里还集中着大量的神经组织，这些神经组织可以将信号发给迪普，告诉它应该往哪个地方跑。所以，不管迪普跑到什么地方，也不管路线如何复杂，它都可以平平安安地回到自己的家。

迪普钻进了一个小洞——里头就是它的家，这个家非常大，仅隧道就很长，而且，还有相当多的分支。

一个大厅、一个小房间，还有一个仓库，分别被建在隧道的顶端。这个仓库是迪普专门用来储藏粮食的。迪普天资聪颖，它一共建了两三个这样的仓库，而且，将每一个仓库都装满了粮食。迪普之所以这样做，是有它自己的打算的——假如有一天敌人来袭，并守在洞口不走的话，它就无须担心挨饿了。那几仓满满的粮食完全可以让迪普底气十足地应付外面的敌人。而赶上外面天气恶劣，它也不必出去觅食，只需待在家里，过着悠闲的小日子就好。

除此之外，迪普竟然还替自己专门弄了个厕所，而且还是3个！这一点在小动物中极其罕见。就大多数动物而言，外面的天地如此大，随便在什么地方都能“方便”。不过，迪普却不想过得那么寒酸，因此它就使劲儿弄了3个厕所——这可比很多人家都阔绰多了。

很快，迪普就来到了一间大房子里。这间大房子离地面有一米深，大小和人的手心差不多，里面垫着一层松软而有弹性的席子，席子上铺了很多的羽毛。刚进来的时候，迪普嘴里叼了一根羽毛，原来，它就是打算将羽毛放在这个地方的。

这就是它的卧室，里面温度适宜，不潮不冷，住着非常舒服。整条隧道一共长达两米半，而令人大为惊讶的是，迪普在地面上竟然开掘了10个出口！这可真是一个庞大的“地下豪宅”。

事实上，这个豪宅是迪普的祖辈留给它的遗产——这个豪宅是一个家，也是一座城堡。

男人与篮子

一天，莫哈比沙漠迎来了一只从来没有看到过的动物。他长得又高又大，用两条腿走路。毫无疑问，这是一个人，而且是一个酷爱沙漠的男人，他手里拎着一个像篮子一样的东西。他之所以来到这里，是因为听说在这个沙漠里住着一种极其可爱的小动物，因此才坚持要来看一看它的样子。

这种小动物在白天是非常不容易看到的，不过，人却能够发现它的脚印。于是，这个男人就低头弯腰地寻找着，找得非常仔细，但就是无法找到。原来，昨晚狂风大作，将所有的脚印都埋在了沙土里。

他蹲下身去，发现沙子上露出了一些小洞。那些小洞看上去平淡无奇，不过对这个男人而言意义却十分重大，因为他已经弄明白那都是些什么洞了。于是，他将那个像篮子一样的东西放在了洞口，然后就离开了。

天慢慢黑了，迪普打算出洞了。它将小脑袋由小洞里探出来，这时，鼻子中闻到了一阵食物的香气。尽管它从来没有见过这些东西，但是，这好闻的味道使它放松了警惕。它一头钻进了篮子里，发现那里竟然有奶酪和葡萄干，真是太幸运了！

迪普刚一跳进篮子，就听见“吧嗒”一声——坏了，篮子的入口被关上了。迪普这才发现，危险已经悄悄地降临了，不过此刻它已经在劫难逃了。它在篮子里急得团团转，可就是出不去！实际上，那个篮子就是为它量身定做的，那里面有一个装置，一旦迪普进到里面，篮子就会自动关闭。

次日，天一亮，那个男人就来了。他向篮子里瞥了一眼，发现一个小动物在里面爬动着。这小家伙看上去非常讨人喜欢。他以前见过无数小动物，却从来没有见过这样美丽的长毛小动物。

这小东西可真漂亮。它的身上披着一件鲜亮的黄色斗篷，两只前脚各戴着白色的小手套，后脚穿了一双白色的小拖鞋，胸前还穿了一件白色的小马甲；小尾巴长长的，上面还有几条美丽的条纹，尾巴尖长了一串白穗子，乍一

看，就如同一面小白旗；一双湿润的大眼睛滴溜溜地转个不停。男人越看越喜欢。

于是，他将篮子拎回到了牧场。一回到家，他就将篮子门打开，伸手去抓迪普。受了惊吓的迪普缩在篮子的最里面，死死地盯着向自己慢慢伸来的大手。

男人轻快地将迪普握在手里，迪普只是略微挣扎了一下就放弃了反抗。随后，它就被放进了一个大围栏里。

这个大围栏可真大，大到足以将一个人装下。迪普以为，这下自己可自由了，于是飞快地跑了起来。它将两只前脚放在胸前，长长的大尾巴向上卷着，两只后脚跑起来就如同一条流线。可是，不管它跑到什么地方，都会被一堵墙挡住，看来，想要逃跑是不可能了。

当迪普明白了这里没有出口时，它就开始不断地向上跳。结果，它一口气换了6个不同的位置，在每个位置都跳了6次，然而，每次都因撞到了顶棚而重重地摔在了地上。

不一会儿，那个男人来了。他站在围栏边上，一边将手悄悄地伸向迪普，一边嘴里发着“咕呜呜咿咿”的声音。迪普害怕极了，它将自己的小身体紧紧地缩在一起，慢慢地蹲了下去，它刚打算找机会逃走，男人的手突然停住了。

男人的嘴里仍然发着“咕呜呜咿咿”的声音，那声音听上去充满了慈爱，好像是在对迪普说：“咱们做朋友吧。”他轻轻地用手摸着迪普的小脑袋，不一会儿，就将手抽了出去。然后，他将一些好吃的放到手心上，又伸了进去。

迪普双眼盯着这些食物，却没敢动，男人趁势用另一只手轻轻地抚摸它的后背。这些食物当真是威力无比，迪普竟然为了它们而放松了警惕，无所顾忌地大嚼起美味来。

男人相当高兴，认为迪普从此以后就是自己的朋友了，不过，迪普并没有这个意思。一到夜里，它费尽心机地想逃跑，左冲右突，整个晚上都不睡觉。

第二天，天刚蒙蒙亮，男人就带着迪普到沙漠去了。他将迪普放到地上，打算将它放生。但迪普好像并没有明白对方的意思，它呆呆地看着周围，纹丝不动。男人又将手伸了过去，轻轻地抚摸着它，迪普就那样乖乖地蹲着，甚至都不挪动一下。

过了很久，男人突然“啪”地拍了一下手，迪普这才如梦方醒，一蹿老高，撒欢儿似的跑了。

太阳慢慢地落山了，迪普像发疯一般狂奔在黄昏时分的草原上，向它那座庞大的地下城堡冲去。

沙漠里的乐趣

很快，它就到家了。

迪普累极了，一回家就美美地睡了一大觉。在它离开家的日子里，沙子和石头将家里的很多出口都堵住了。所幸，还有一个出口没被堵住，因此，迪普一连好多天都只能从这个出口进出。

迪普极其小心地从洞里探出头来，向周围窥探。在确定不存在任何危险之后，它才钻了出来。不过，它还是有些担心，于是就顺着风的方向仔细地闻了闻附近的各种气味。透过这些气味，迪普发现，一只山猫或是山狗就藏在很近的那片灌木丛的阴影里；一条响尾蛇像树根一样静静地待在稍远一点儿的地方。

很久之后，待迪普知道附近没有敌人出没后，就蹦蹦跳跳地找东西吃去了。这次，它的运气很好。很快，它就抓住了一只名叫“沙漠之虾”的蝗虫，美美地吃了一顿；接着，它又找到了一些青菜（樱草和琉璃苣）和肉类（蛹壳）；最后，它还找到了一些沙拉（芥末叶）和点心（豆类和草莓）。看一看吧，这是多么丰盛的一顿晚餐啊！

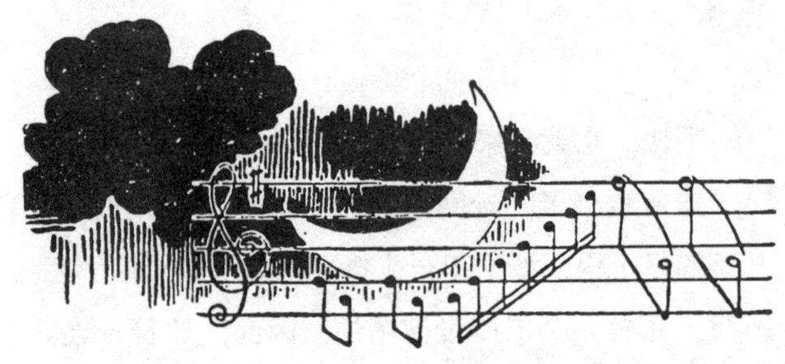

很快，它又来到了一个长满茂密的蒿草的地方。它找了一根草茎，将身体在草茎上蹭了蹭，留下自己的味道作为记号。后来，迪普成家之后，它就是借助这个记号将自己的去向告诉丈夫的。

后来有一次，迪普的运气极差，就在它睁大双眼巡视四周的时候，被猫头鹰盯上了。这时，猫头鹰快速地向它直扑过来，它撒腿就跑到一个仙人掌的阴影里。然而，就在这命悬一线之际，它还不忘用“咚哒咚哒”的声音通知它的丈夫和朋友们“有危险”。那声音听上去就如同敲鼓，节奏极其鲜明。

猫头鹰没捉到迪普，失望地走了。幸免于难的迪普由草丛里钻出来，将两只像戴着白手套的前脚放到胸前，一蹦一跳地跑了。

很快，迪普发现一棵尖草的顶端结满了草籽儿，它将草籽儿捋下来放进了嘴里。由于太贪心，草籽儿将它的两腮撑得鼓鼓的，让它的脸型变得极其搞笑——脸颊旁的袋子好像成了它运载食物的提包。

迪普继续寻找食物，时而会高高地跳起。就在这时，它发现了一个落在地面上的红色的月亮，那真是一个奇怪的东西。

它走近一点，想一探究竟，结果发现，那是篝火而不是月亮。那个曾经将它抓住的大动物就坐在篝火旁边，他的身边还趴着一个大小和山狗差不多的动物。

没错，那就是一人一狗。

只见那只狗正慢慢地向迪普走来，迪普发现有危险，马上转身就跑。没过多久，远处响起了“嗵”的一声，随后，一面白旗在那里摇晃着。机警的迪普一边敲打着地面，一边摇摆着尾巴上的小旗。这时，两只袋老鼠走得越来越近，其中一只就是迪普的丈夫。它们互相碰触着胡须，互相问候着。突然间，天空一下子就暗了下来——山狗向它们袭来了。

迪普的丈夫马上钻到了山狗的身子底下，而迪普立刻跑进了旁边的草丛里。山狗看到它们躲开了，当然不肯罢休，马上扑向藏在草丛里的迪普。迪普用力一跳，就从草丛中跳了出来，立即落荒而逃。山狗见迪普逃走了，跟在后面猛追。不过，迪普跑起来的路线弯弯曲曲的，这让山狗追起来相当费力，很快，迪普就把山狗甩开了。

迪普逃回家不久，就听到了入口处传来抓挠的声音。迪普试探着走过去，用力跺了几下地面，于是听到了一阵熟悉的信号声——这是丈夫回来了，于是，它用力将入口处的沙子刨开，将丈夫接了进去。它们简单地互相问候后，马上将入口处用沙子堵上了。然后就一起走进了安全的城堡里。

野狼比利

灭顶之灾

我与捕狼专家肯古·兰达一起纵马在荒地草原上奔驰着。我们不时地看到一些孤零零的山丘。在这片地区，它们随处可见。

一会儿天黑了，血红色的晚霞染红了远山的上空。这时，让人心惊的狼嗥声不时由黑暗的草丛中传来。

狼在捕猎的时候一般会发出三种不同的声音。一是拉长了的低声嗥叫，这是为了将伙伴召集起来，告诉大家自己发现了强壮的猎物，需要帮忙；二是响亮而饱满的嗥叫，这表示狼群正在追赶猎物；三是尖声的吠叫与短促的低吼，那是在告诉你：猎物已遭厄运。

假如将三种声音连起来，那就是完成了狼捕食的整个过程。

捕狼专家肯古听到了这个声音后，对我说：“嗯，那就是荒地野狼比利的声音。也许，它又要去捕捉牛群了。”

肯古说话的时候沉稳又平和，这一点与那些粗鲁的捕狼人大相径庭。

很久以前，一种叫“百顺”的野牛生活在草原上。狼依靠捕食这种野牛才得以生存下来。后来，人类出现了，他们经常捕杀野牛，并将其驯化成家畜。所以，狼群也发生了改变，开始向家养的牛发起攻击——这也成为人狼大战的导火索。

为了保护家畜，牧场主需要捕狼。可是，仅凭他们个人的力量是无法完成这项工作的。所以，他们就花钱雇人来打猎，谁捕到狼，谁就可以得到一笔赏金。如此一来，捕狼专家就产生了。肯古·兰达从事的就是这一行当。他们的任务就是了解狼的行踪、掌握狼藏身的地方、帮助猎人围捕狼，等等。

肯古从事捕狼这一行已经有相当长的时间了，我从他那里知道了许多与捕狼相关的事情。其中的一些事情让我特别惊讶，比如“很多例子说明，狼从来不袭击人类”等。

每到夜里，在篝火旁边，我倾听肯古讲述着自己的亲身经历。其中，我最难以忘记的还是荒地野狼比利的故事。在黑暗中，一边听着比利真实的嗥叫声，一边听着肯古讲述着它的传奇故事，这可真是一件让人激动的事情。何况，我们还一起去抓过那个比利。

1892年的春天，一个捕狼人到森蒂纳尔山旁边狩猎。一天清晨，他在河边打水时与一只狼相遇。这只狼恰好向这边走来，看样子是打算喝水。

捕狼人马上开枪打死了这只狼。他走过去一看，发现那竟然是一只母狼，而且母狼的乳房还是湿润的。由此看来，它还有一群正在吃奶的孩子，而且洞穴就在附近。于是，捕狼人在附近转悠了两三天，仔细搜寻着狼窝，结果却怎么也找不到。

又过了差不多两周的样子，捕狼人骑马来到了另一个溪谷。这时候，他看到了一只狼，这只狼就站在洞口前面。

猎狼人“砰”的一枪就把这只狼打死了。然后，他挖开那个洞穴，在里面发现了11只小狼。不过，让他感到惊奇的是，这11只小狼崽中有一半很小，另一半却很大。一窝狼崽一般最多只有五六只，而这11只小狼却大小不一。这只能说明：这只母狼还帮忙养育着另一窝小狼。

此时，捕狼人立刻想起了两周前自己打死的那只母狼。事情的经过必定是这样的：当那只母狼的孩子饿得嗷嗷叫的时候，恰好这只母狼从那里路过，于是，它就将这窝小狼衔回来与自己的孩子放在一起养育。

捕狼人将洞口挖得足够大，里面的隧道全被挖开了。然后，捕狼人把挖出来的小狼逐个儿弄死了。

灰狼在做窝挖隧道的时候，会在隧道的旁边多挖一个侧洞，而这个侧洞会延伸到极远的地方。一旦由洞口开始挖掘，洞口倾泻下来的土就会将侧洞的口堵住，如此一来，人们就再也无法找到那个侧洞口了。

这个捕狼人自然没有发现隧道旁边的那个侧洞。事实上，这个侧洞里还有一只小狼，它是这两窝小狼里面最大的，而且，只有它钻进了侧洞里。

当然，捕狼人什么也不清楚。他将小狼弄死后，就带着狼皮回家了。

劫后余生的小狼

捕狼人走后，天已经黑了。这时，侧洞口的土被弄到一边，一只小爪子和一个黑色的小鼻子从里面伸了出来。一会儿，一只小狼的身体露了出来。面前随处可见兄弟姐妹们被剥了皮的尸体，空气里弥漫着恐怖的气味，小狼吓得浑身哆嗦起来。这时候，附近又突然响起了鸟扇动翅膀的声音。小狼惊恐地躲进了附近的草丛中。就这样，它哆哆嗦嗦地颤抖了一夜。

第二天早上来了两只秃鹫，它们向狼洞旁边的尸体扑去。小狼慌了，它急忙逃开，想躲到另一个茂密的草丛中。突然之间，一个大家伙向它扑来——这是一只大狼，与小狼的妈妈长得十分相像，只是小狼从没见过。

大狼起初以为这是自己要寻找的猎物呢，所以就扑了过来。不过，当闻了闻这个趴在地上的小家伙后，这只大狼才发现，这小家伙是一只小狼崽，是根本不能吃的——原来，它本身也是一窝小狼崽的妈妈，而它的孩子与眼前这个趴在地上的小家伙差不多大。

趴在地上的小狼勇敢地吸了吸鼻子，闻到了大狼的气味。无论大狼怎样使劲儿地吼叫，它也一点儿都不害怕——那只大狼的气味和它妈妈身上的气味太像了。所以，等大狼走了之后，小家伙就迈动步子，摇晃着追随着它。可是，大狼一点儿也不想带走它，甚至都不曾停止，径直地将小家伙丢下就跑远了。

假若大狼的洞穴与这里相距很远，那么小家伙或许会由于体力不支而放弃。不过，幸运的是，大狼居住的洞穴与这里距离很近。于是，仅仅一会儿之后，小狼就出现在大狼的洞口。

大狼一下子冲了出来，想将小家伙赶走。不过这一次，当它闻了一下小家伙身上的气味后，心忽然一下就软了，于是将它带进了自己的洞里。

小狼站了起来，缓缓地走进了洞里。这期间，母狼叫一声，它就会乖乖地停下来，过了一会儿，再往前走。最后，它终于到了母狼的身边。

其他的小狼都吃起了妈妈的奶。这个小家伙很快也挤了进来，加入了吃奶的行列。

两三天后，这个外来的小家伙真正成了这个新家庭的一员。狼妈妈也开始将它当作自己亲生的孩子一样宠爱着。由于这个“外来户”早出生两周，因此，相比其他狼崽，它要长得大一些。此外，这只小狼的头上和肩上都长有一撮黑毛。后来，这两撮黑毛变得特别突出。

这个新妈妈全身的毛都是黄色的，而且尤其聪明，称得上是“无所不知”。它会与伙伴们一起追赶快速奔跑的猎物；它会将马的筋咬断，让马无法动弹；它还知道怎样攻击牛的侧腹部。

这是黄毛狼从别的狼那里学来的本事。此外，它还知道一些特别的事情，比如人类的猎枪。母狼心里清楚：当猎人手持猎枪走来的时候，假如那可怕的枪声一响，自己是无论如何也没办法战胜对方的；不过，若是到了夜里，猎枪就发挥不了作用了。

另外，黄毛狼还十分清楚与捕狼机相关的事情。一次，捕狼机将母狼的脚尖夹住了，它拼命地挣扎，直到将爪子挣断才得以逃命。它不清楚捕狼机是怎样将自己的脚夹住的，但是，它记住了这一点：铁的气味极为可怕。

那群小狼满月的那天，黄毛狼回到了洞穴，看上去极其痛苦。这只母狼是一瘸一拐地回来的，嘴里还叼着圈套。

母狼“咚”的一声倒在了洞口，全身哆嗦着，过

了很长一段时间后才稳定了下来。它原本想张开嘴巴舔舔小狼崽，不过，它的下巴和牙齿一直在发抖。

小狼们都被吓坏了，纷纷跑回了洞穴。

经过很长时间母狼才慢慢好转，小狼们就围过去吃奶。结果，吃完奶后它们就出事了。

原来，母狼中了一种剧毒，这种剧毒在母狼的身体里迅速扩散开来，并且融进了它的乳汁。于是，吃了奶的小狼一个接一个地被毒死了。最后，只剩下那只长着黑毛的小狼。

从此以后，母狼对这种毒药的气味变得异常敏感。

小狼的成长

存活下来的黑毛小狼被母狼精心地抚养着，因为现在它是母狼唯一的孩子了。

黑毛小狼长得越来越快——它自己独享了新妈妈全部的乳汁。假如在以前，那可是7只小狼的食物哦！秋天的时候，黑毛小狼的个头儿就已经和新妈妈一样大了，而且，它甚至可以和新妈妈一同去打猎了。

这对母子一直待在一起，黑毛小狼从母狼那里学到了许多东西。怎样和其他狼交流，是它学到的第一件事情。

在狼经过的地方，它们会将自己的气味留在四周，或是石头上，或是牛骨头上。这些气味就是狼留下的信息。其他狼到了一个地方，只需一闻就清楚这里的所有信息，包括这里曾来过哪个伙伴，它是什么时候来的，身体状况怎样，是不是还饿着肚子，等等。此外，借助这些信息，还可以判断敌人会在哪个方位出现。

黑毛小狼还学会了怎样与猎狗作战——就是边战边跑，同时一定不要与对方扭打在一块儿——假若站住或者与其扭打在一块儿，那么，其余的猎狗就会围上来。只需一会儿的工夫，从后面骑马赶来的猎人就会将自己轻易地捉住。如果边跑边战，就可以将狗引到人和马都无法到达的地方，然后再与狗决一死战。

此外，黑毛小狼还知道：不要与那些山狗一般见识。山狗跟在狼的后面，仅仅想得到狼吃剩下的食物。而且，那些山狗奔跑起来速度极快，它压根儿就追不上。况且，山狗们又不是来和狼打架的，所以，根本无须在意它们。

最后，黑毛小狼还明白了：假如去追赶停在地上的小鸟，就等同于浪费时间。还有，不要去理那些长着大尾巴、皮毛黑白相间的动物，这些家伙的肉十分难吃，就算是抓到也白搭。最要命的是，在抓到之前，这些该死的家伙还会释放出一种臭气，你不管怎样也没法靠近。

可以确定的是，这种放臭气的动物就是臭鼬。你如果被臭鼬熏过一次，好几天都会特别难受。

黑毛小狼还学会了怎样对付羊、牛和马，如何根据不同的动物采用不同的应对方法。比如，在袭击羊时，就要第一时间跳进羊群，将它们弄得混乱不堪，然后再选择其中一只干掉。这是一种非常简单的袭击方式。

应对牛的方式，则是先将它们赶到一起，然后向小牛犊下手。如果要袭击公牛，那就要由后面着手；袭击羊，要由下面进攻；而袭击马，则要由旁边进攻，目标就是马的侧腹部。

还有一种对手，不管在什么情况下都不要袭击——那就是人。若不小心碰上了，那就赶紧躲开。

此外，下毒的诱饵一定不能吃。在这对狼母子的脑海中永远记着小狼们中毒后惨死的情景，当然，也包括毒药的气味。

除此之外，还要学会一种重要的学问，那就是和一种无形的敌人的关系。小狼与黄狼妈妈就曾经历过一次。

一天夜里，一股死去的牛犊的气味被风吹来。黄狼妈妈马上带着黑毛小狼顺着气味跑了过去。那头小牛犊躺在地上，不过，这诱人的气味里还隐隐约约夹杂着一种可疑的气味，那就是人和铁器的气味。

母狼在小牛身边来来回回地绕着大圈子。小狼实在是太馋了，打算以最快的速度吃到肉，于是，它就向前走去。不过，母狼每次都拽着脑袋把它拉到后面。

这时候，一群山狗跑来了，它们径直冲向了小牛犊。山狗们正大快朵颐的时候，就听到了“咔嚓”一声——那是铁器的声音。紧接着，它们听到山狗发出“嗷呜”的一声，然后就蹦了起来。同时，“嗒嗒嗒”的枪声和子弹的火花将黑夜的天空划破了。同时，空中还夹杂着山狗“嗷呜——嗷呜——”的惨叫声。

见此情景，这对狼母子立刻拔腿就跑，回到了旁边的洼地。

跑了一会儿，它们又回头看了看，发现在与牛犊相距不远的土堤后面，一个猎人走了出来。被捕狼机捉住的山狗被他杀死后扔到了一边，然后，他又重新将捕狼机安装好。

从此以后，小狼就记住了那种淡淡的气味中暗藏着的危险。它牢牢地记住了——双眼无法看到的地方同样可能隐藏着敌人，这是特别要注意的。

捕猎者

时光就这样缓缓流逝，转眼到了10月。秋天收获的野兽毛皮，在冬天里是最能抵御寒冷的东西，所以秋天一到，猎人们就全部出动了，他们到处设置圈套。

那个在死牛犊旁边设计埋伏的猎人，因为仅得到了山狗而感到非常失望。他原本想得到狼的——抓到狼就代表着可以得到一笔丰厚的奖金。

猎人出去察看了一下野兽的脚印，结果发现地上有一个狼的脚印，那是一个缺少了一个脚趾的脚印；后面还有一个大狼的脚印。

猎人嘟囔着："哦，原来还是那对狼母子啊！"他曾经见到过这对狼母子，一只身材高大的狼与一只黄色的母狼紧紧相随。大狼的脖子很细，尾巴上的毛很粗糙，四条细长的腿给人一种站立不稳的感觉，看上去也就刚满一岁。而黄毛母狼的身材就小多了。总之，那个断了脚趾的狼脚印属于那只黄毛母狼，而那个大脚印属于刚满一岁的小狼。

“如何才能让这两个家伙踩中圈套呢？”

事实上，猎人也可以根据设置圈套的技巧分为不同的等级。这个猎人对于设圈套还不习惯，所以，仅仅在圈套旁边放了一个诱饵。假如是一个成熟的老猎人一定不会这么做，他会将诱饵放在与捕狼机相距5米远的地方——狼习惯于在诱饵附近来回转悠，如此一来，就算狼没有吃到诱饵，也会在转悠的时候踩中圈套。

另外，圈套设置完后，还要用烟熏一下，然后再把捕狼机用土埋起来。这样一来，就可以将捕狼机上留下的人或者铁器的气味除掉了。

有一种特别受推崇的方式，就是将诱饵放在空旷的地方，然后将一个圈套设置在附近。甚至根本不用诱饵，仅需将一团棉花或者一束羽毛放在那里就可以了。这样，狼就会上前弄明白究竟是什么东西，同样会在埋了圈套的地方来回转悠。

一个优秀的猎人会一直调整设置圈套的方法，目的就是避免让狼看透圈套的设置。所以，对于狼来说，保障自己安全的唯一方法就是时刻保持警惕，不允许有任何一次的疏忽大意，不要轻信任何有诱惑性的气味。

于是，捕狼者就带着一套最好的捕狼机，将一片长满了白杨的树林划为他秋天的工作场地。

平原上有一条细细的小路，以前，这里是翻越小山的野牛们的必经之地，它们来这里就是为了去小河里喝水。现在，这里成了穿越白杨林的主干道，也是鹿、狼、狐狸等动物的必经之地。一棵倒了的白杨树伸进满是碎石的小河中，树桩上留下了狼的痕迹。

捕狼者对这个地方十分满意，于是，他打算在这个树桩附近放上一架捕狼机。当然，捕狼机可不能放在大道上——家牛也会从这里经过。

与树桩相距20米远的地方是一块平坦的沙地。于是，猎人就在这块沙地上安装好4架捕狼机，又在旁边放好两三块切好的肉片。在不远的草丛里，他又将一束扎在一起的白色羽毛（共4根羽毛）放置好。如此一来，准备工作就完成了。等这些东西的气味被风吹散后，就算是拥有最灵敏的嗅觉的动物，也难以识破捕狼机陷阱了。

然而，捕狼者的这个鬼把戏还是被母狼一眼看穿了，它不但安全地通过了，而且还将其当作实验教材，给自己的孩子（那只身材高大的黑毛小狼）上了一堂生动的躲避陷阱的指导课——因为母狼已经无数次地经历过这样的陷阱了。

白天气温高的时候，家牛们会排成队到河边喝水。那些在路边挖洞的草原犬鼠一看到牛就会大声地叫起来。以前野牛经过时，它们也会发出这样的大声喊叫。小鸟在前面乱飞，燕八哥落在它们的背上。小牛格外喜欢撒欢，一路蹦蹦跳跳地玩耍，时而还跑出小道。不过，快要到小河边的时候，它们又会极守规矩地跟在母牛身后了。

一头年长的母牛走在队伍的最前面。当走到设置圈套的地方时，它将鼻子扬起来，闻了闻空气里的味道——假如位置再近一些，这头母牛就会走过去，用蹄子挠地面，让捕狼机弹开。不过，由于相距太远，所以母牛并没有理会，就带着伙伴们来到了小河边喝水。喝完后，它们就在河边躺卧了下来。

牛群在河边一直待到了晚上，等到要出去找草吃的时候，它们才会重返草原——那里长着茂密的牧草，可供牛群食用。

一只小鸟飞到了猎人的圈套旁边，啄食着放在那里的诱饵；绿头苍蝇在肉上嗡嗡地飞来飞去。捕狼机就埋在土里，看不出任何异常之处。

太阳马上就要落山了。此时，一个黑影掠过了草原，那是一只棕色的湿地老鹰。刹那间就如同落日一样，鸟儿也纷纷散入灌木丛中不见了。

老鹰贴着地面飞了起来，发现了草尖上微微抖动的那束羽毛，于是就飞了过去。结果，到了那里，老鹰才发现那仅仅是几片羽毛罢了。不过，羽毛附近有些肉片，这可是好东西。就在老鹰降落下来吃肉片的那一刻，捕狼机立刻弹跳了起来。

只听“咔嚓”一声，老鹰的爪子被捕狼机狠狠地夹住了。老鹰惨叫了一声，立即想振翅飞走，但这时它无论如何也飞不起来了。于是，老鹰只能“扑棱扑棱”地扇动着两只大翅膀，使劲儿挣扎着。

一会儿天黑了，周围慢慢变暗了。黑夜里，老鹰扇动翅膀的声音不时地传来。

一只母狼发出了集合的呼叫声，随后，一个粗哑的声音做出了回应——那是一只大个头儿的公狼。不过，它们并非夫妻，而是母子。母狼就是那只黄毛母狼，而儿子自然是那只黑毛小狼了。现在，那只黑毛小狼已经长成了大公狼。

两只狼走到了一起，顺着河边的小路走去。它们在暗淡的夜色中发现，一只鸟在“扑棱扑棱”地扇动着翅膀。

“这只鸟受伤了！”黄毛母狼马上盯住了老鹰，并向它扑了过去。

地上的沙子经过白天的阳光照射，热得发烫。可疑的气息被阳光和风消除得一干二净，四周再也没了足以让黄毛母狼心生警惕的气味。

黄毛母狼径直扑向挣扎着的鸟，不过，牙齿却一下子咬在了一个硬东西上。就在这时，一股刺鼻的铁味儿扑面而来，黄毛母狼马上感到了令人窒息的恐惧！

“是捕狼机！”黄毛母狼快速地向后跳去。随着“咔嚓”一声，它感到左后腿一阵钻心的疼。原来，它的身后有一架捕狼机。黄毛母狼又惊恐地往前跑去，紧接着又传来“咔嚓”一声——它的前腿又被另一架捕狼机夹住了。

黄毛母狼本来是相当熟悉捕狼机的，不过，它从来没有见过用活鸟当诱饵的圈套。它原本应该对那只鸟再留心观察一下，但它还是不假思索地扑了过去。于是，一次疏忽大意将一切都断送了。

黄毛母狼又怕又急，胡乱地拼命拉着捕狼机，撕咬着铁链，发出痛苦的嗥叫。假若仅是一架捕狼机的话，它还可以将木桩拔出来一起拖走，不过，身处两个捕狼机的夹击之下，它唯一的选择就是束手就擒。

结果，它越是挣扎，无情的捕狼机就越往它的腿肉中钻。黄毛母狼绝望了，它疯狂地将老鹰撕碎了，撕咬着捕狼机，甚至撕咬自己的脚和身子。

小狼害怕到了极点，不得不躲开了，然后在四周来回地转悠。

在求生本能的驱使下，黄毛母狼拼尽全力地垂死挣扎，不过，很快，它就因为筋疲力尽而倒在了地上，而它的两条腿还被捕狼机夹着。一旦力气略有恢复，它就又跳起来，继续疯狂地撕咬捕狼机。

此时，黑毛小狼想起了以前妈妈吃了有毒食物后的情景。不过，这次妈妈的情形更让它感到害怕。

黄毛母狼就这样反复折腾了一夜。

黎明来了，马蹄声从远处传来。猎人骑着马跑过来了。黑毛小狼听到马蹄声后，马上跑进了草丛。

黄毛母狼身上血迹斑斑，浑身是泥，却还不曾死去。但是，没过多久，从黄毛母狼那边就传来了一声枪响。

黑毛小狼不清楚这代表着什么，不过，从此以后，它再也没有见过妈妈——从现在开始，它要独自面对这个世界了。

荒原野狼

作为一个优秀的母亲，黄毛母狼教会了黑毛小狼真正的求生技能。更为可贵的是，黑毛小狼有一个非常灵敏的鼻子。它对自己的鼻子非常满意。

也许，人类是无法理解狼和狗的鼻子的功能的——人依靠的是自己的眼睛。而一只狼假若想闻一闻早晨的空气，就要来回地嗅周围的地面，就好像读报纸一样，立刻就弄明白了一切：这里发生了什么事，曾经来过哪些动物，它们去了什么地方，它们做了什么事。

这只黑毛小狼不但身材高大，而且嗅觉格外灵敏。无论身处何地，它都会认真观察周围环境，并能做出准确的判断——这让它在狼群中享有崇高的地位。

森蒂纳尔山是黑毛小狼的出生地，那里是狼极佳的藏身之地，因此，许多狼选择住在那里。但是，当强壮的狼到来的时候，原本住在这里的狼就会被赶出去。当年，别的狼就是在这里将黑毛小狼和黄毛母狼赶出去的。

现在，黑毛小狼已经长大了，而且相当健壮，于是，它又回来了。它将以前把它和妈妈赶走的狼、欺负过它的狼全都打得落花流水，狼狈逃窜。

刚一岁半，黑毛小狼已经将自家曾经的地盘重新夺了回来。

而这个地方也是捕狼专家肯古·兰达经常设置陷阱的地方。

有一天，肯古发现了一个特别大的脚印。这个脚印竟然长达14厘米。也就是说，这只狼最少也有48厘米高、60多千克重！自从干上打猎这一行，肯古还从不曾见过这么大的脚印呢！

以前在职村里住过的肯古，一看到这个巨大的狼脚印，就不由自主地说："这个脚印一定是那个'老比利'的！"

"比利"在英语中的意思是公山羊或者警棍，因此也有"强悍"的含义。从此，这头黑毛小狼就被称为"比利"了。

肯古具有一种能力——他可以分辨狼的叫声。没用多久，他就听到了一只大狼的奇特叫声。那个声音特别尖锐，和其他的狼不同。很快，肯古便亲眼看到了这只发出奇特叫声的狼。那一刻，他忍不住叫了起来："哎呀！它就是黄毛母狼的孩子呀！”

坐在野外的篝火旁边，捕狼专家肯古将荒原野狼比利的许多故事讲给我听。随后，他又将一个叫潘罗夫的猎人和比利作战的传奇故事讲给我听。

潘罗夫家里养着许多狗，它们全是一些狐狗和古雷哈温多狗，由此组成了一支强大的猎狼部队。不过，他每次和比利作战都会铩羽而归。而比利呢，专门将潘罗夫牧场中最好的牛挑出来弄死，然后吃掉。

更为重要的是，比利还将怎样袭击牛、怎样和猎狗作战的方法教给了它的伙伴。这样一来，聪明的狼的数量就越来越多了。

没错，如今的狼比以前的狼聪明多了。以前，那些笨狼总是逐一被干掉。捕狼机、毒药、猎枪，任何一种武器都可以达到效果。于是，那些幸免于难的狼就将这些生存智慧教给了孩子们。牧场主们就算挖空心思，也无法起到一点儿作用。

荒原野狼比利就属于这种难对付的狼中的一个。

那天晚上，我耳边回响着比利的叫声，倾听着肯古讲述与它相关的故事。肯古说：“为了对付比利，潘罗夫带来了各种类型的猎狗！”

事实上，我这一次来就是要与他们共同捕捉比利的。

捕猎比利的行动终于开始了。

当天色完全黑下来以后，我们听到了狼的叫声，其中就混杂有那种深沉、尖锐的叫声。肯古说:“比利是一个非常狡猾的家伙，白天的时候，它蹲在高处看着人们一天的活动；晚上的时候，等天彻底黑了下来，猎枪无法发挥作用后，它才会跑出来。”

猎狗拼命地“汪汪”叫着，飞快地跑进了黑暗中。没过多久，远处就传来“咔咔”的声音，还伴随着一声声的惨叫。随后，出去的猎狗又回到了篝火旁边。而一只狗的肩膀已经被撕得稀烂，完全失去了战斗力。另一只狗的肚子也受了伤，好在看起来还不算严重。结果，没想到，这只狗在天亮前就死去了。

猎人们气极了:“不能再等了！难道就这样等到天亮吗？立刻出发！立刻将那家伙干掉！”

夜色中，一群人出发去捕狼了。

猎人们都带着狗。原本，我们是想让狗到前面去的——狗可以找到狼的脚印。不过，猎狗们却什么也没发现。究竟是没有发现狼的踪迹，还是发现了却不敢向前呢？我不知道。不过，可以肯定的是，这群狗没有发挥一点儿作用。

很快，猎狗们发现了一只山狗。这一次，它们勇敢地冲了出去，并将这只山狗咬死了。山狗会祸害小牛犊，所以，猎狗们也算是立功了，好歹给了主人一个交代。

猎人们说："呸！就知道对付一只小小的山狗，不过，昨晚的那只大狼，它们竟然连它的脚印都无法发现！"

过了一会儿，潘罗夫的儿子说："我认为，比利那家伙肯定是带了一群伙伴来这里的！"

肯古却小声地说："不过，由脚印看，就是那只大狼一个。"

9月下旬是我们围猎比利的时间，可是，眼看着10月就要过去了，我们的几次围猎都一无所获。后来，但凡发现与比利的脚印相似的，我们就立刻带着猎狗骑马赶过去，不过，猎狗一直无法找到目标，我们也一直无法追上比利。

比利还是不断地祸害牛群。最后，我们决定冒险一试：在比利咬死的牛身上下了毒。下毒的时候我们格外小心——狗也会将有毒的牛肉吃掉。

10月马上就要结束了，人和狗都已疲惫不堪，马也累坏了。我们捕获了1只灰狼和3只草原狼，不过我们付出的代价是：10条猎狗仅剩7条，被荒原野狼比利咬死的牛和狗的数量累计达到12头，而一头牛的价值是50美元。

一个猎人说："我看，还是就此停手吧。"于是，他们几个人一起回了牧场。

肯古让这些人将一封信捎了回去，信上说："把牧场上的狗全都送过来。抓比利需要大量的支援。"

那些人回去了，我们则利用猎狗到来之前的空当休息了两天。要知道，人、马、狗都需要充分的休息。

两天后的那个傍晚，有人从牧场带来了8条出色的猎狗。如此一来，狗的数量激增为15只——这已经是一支极其庞大的队伍了。

天变冷了。一天早晨，天开始下雪，大地一片白茫茫的。

“好极啦！我们可以看到清晰的狼脚印，这下我们追赶起来就更方便了！”每位猎人都高兴起来，当然，这其中也包括肯古。

到了夜里，每个人都听到了比利的叫声，于是说：“好！明天，我们就去追杀比利！”

第二天一大早，我们在天亮前就起床了。由于下了雪，所以想找到狼的脚印极其容易，因此，原本打算回牧场去的几个猎人又都回来了，他们也想参加这次的捕猎。

上马后，肯古说：“大家要记住，我们是去追逐荒原野狼比利！若是能逮到它，其他的狼就都老实了。不然的话，就算逮住其他的狼也没用。记住：比利的脚印长达14厘米！听清楚了吗？”

“明白！”每个人都干劲十足。随后，大家便分头去找了。

过了差不多一个小时后，西面传来了“砰”的一声枪响。

这是在告诉大家：“嗨，要注意了！”

没过多久，大家又听到“砰”的一声。

可以肯定的是，这声枪响代表的意思是：“快！到这边来！”

肯古将所有的狗都集中到了一起，带着它们快马加

鞭地向着枪声的方向赶去。其他猎人也争相骑着马紧随其后。大家的内心都相当激动，心脏怦怦直跳。

发信号的人指着地上的脚印让我们看。大家看后感到极为兴奋：“哈，是比利！肯定是比利的脚印！”

雪地上有一行脚印，那是小狼踩出的。而那个硕大的脚印，就夹杂在这些小脚印中，长度足足有14厘米！猎人们马上沿着大狼的脚印追了出去。和我们想象的追踪过程相比，这段路程要更长，而且我们在追踪时发现，事实远比想象的要激烈。

我们由脚印发现：比利已经到了极远的地方，而且中途发生的故事我们也已经一清二楚。

途中，我们通过观察发现了一个有用的信息。在这儿，比利仔细地闻了闻气味，忽然变得异常谨慎起来——它发现那里有铁的气息。事实上，那是一个很久之前被遗弃的空罐头盒子，是白口铁的。比利闻到了这种气味，由此联想到了用铁做成的捕狼机。

比利蹲坐在一个低矮的山丘上，其余的狼也从四面八方汇集过来。显然，它们是在比利的召集下而来的，这可以从脚印上看得一清二楚。

比利和另外的两只狼从山丘上下来了，其余的狼则去了不同的方向。沿着这3只狼的脚印，我们走了没一会儿就发现了一头横卧在那里的死去的大母牛。不过，让人感到奇怪的是，牛身上的肉竟然不曾被咬过。或许，它们在将牛弄死后才发现，这猎物并不对自己的胃口。

又走了1500米，再次发现有3头牛被它们杀死了。然后，它们就开始吃了起来。我们发现，这些事情都是发生在6小时前的。

再向前走，雪地上出现了3只狼睡觉的痕迹。猎狗都跑上去，闻了一下后就发出“呜呜”的叫声，同时，它们身上的毛唰地一下立了起来——很明显，那里有浓烈的狼的气息。

沿着狼的脚印，我们又登上了另一座小山。根据脚印我们可以看出，狼在小山顶上回过头看了看身后的情形——它必定是发现了我们追过来的踪迹，于是，它飞快地朝另一侧的陡坡跑了过去。

“快！快过去！别让它们跑掉！它们正在拼命逃跑呢！”

狗和马紧跟着追了过去，身后扬起了一片雪烟。

越过了如同波浪一样起伏不平的高地，穿过了深深的溪谷，我们和狗、马一起奔向狼群的所在地。地上混杂着岩石和杂草，真是难走极了！但这时我们也顾不上这些了，只是一味地向前冲。

没一会儿，我们就到了一个溪谷。这里没有雪，所以看不到狼的脚印。不过，这里有很多奇形怪状的大石头，地势十分险要，人和马走上去必须极其小心。

过了一会儿，狗就分为3群，向着3个方向跑去。肯古看了，喊道：“哎呀！糟糕！狼群分开逃了！”

聪明的狼总是将狗群弄得支离破碎，然后才与它们作战。3只狼未必打得过15只狗，不过，1只狼却可以轻松地将四五只猎狗干掉。

“追比利去！”猎人喊着。

不过，比利朝哪个方向跑了呢？地上没有雪，所以根本就无法判断。于是，我们只能向着自己猜测的方向策马前行。

我们应该将狗集中在一起，明确了比利逃离的方向后再去追赶。不过，那些狗早就愤怒到极点了，争着向3个方向冲去，很快就消失了。

3只狼分开跑，这表明它们也感到了疲惫。我们都想快点儿开战，于是拼命抽打着马匹，纵马向前冲去。

又跑了3000米，一只逃跑的狼出现在我们的视野里！不过，等看清楚时，我们却极为失望——那仅仅是一只小狼，压根儿不是比利！

“呸！不是比利啊！难怪这群狗追得这么凶！”

这个猎人刚说完，另一个猎人紧接着说：“得了，好歹我们追赶的不是一只野兔，也算是得到了一点儿安慰吧！”

悬崖上的决斗

仅仅一会儿的工夫，在我们的追赶下，这只小狼就累得无法动弹了，不得不躲在草丛里，它已经无处可逃了。

“嗷——呜——”小狼向同伴发出求救的信号！

我们正要向上冲去，却发现猎狗们突然四下里逃窜！

发生了什么事？

此时，草丛里突然跳出了一大一小两只狼。而那只大狼就是比利！原来，比利并没有打算丢弃自己的同伴，它又回来了！

比利一出现，猎人们马上喊起来：“比利出来了！它是来帮忙的！真讲义气啊！”

这种舍生忘死的勇气，深深地震撼了肯古的心。

将猎狗驱散后，比利就向远处跑去。

“那儿！追！只追比利！”他们费了极大的力气才将狗拢到了一块，然后共同向比利追去。

狗和马都在积雪的高地上全力追击着比利，整个过程持续了一两个小时。

过了一会儿，他们都来到了一个广阔的平原。在那儿，肯古首次真正看到了这只从森蒂纳尔山来的大狼比利的雄伟身姿。

“吼——吼！荒原野狼比利！吼——吼！是比利呀！”

他大声地喊了起来，猎人们也跟着喊了起来。

“比利！吼——吼！”

同时，那些猎狗也随之大声“汪汪”地叫了起来。我们的马也打着响鼻，加快了前行的速度。所有的人、马、狗都极度兴奋，开始奋力追赶着这只大狼。

比利沉默着，只是一个劲儿地向前冲。看得出，它那长长的舌头已经垂了下来，这说明它已经相当疲惫了！

猎人们一边抽打着马，一边将手枪从腰里拔出来，打算随时进行射击。不过，比利始终离猎人30米开外，那是手枪射程之外的距离。

“快！”

“加油啊！”

“一会儿就会能将它干掉了！”

大家兴奋地追了上去。然而，就在此时，比利突然消失了！

它躲到什么地方去了呢？究竟是山冈的上面还是下

面？东边还是西边？大家讨论了很长时间也没弄清楚。

我和肯古一致认为是上面，于是，我们两人策马西去。其他的猎人则认为是在下面，于是他们就朝东而去。

刚走了不久，我们就发现自己判断失误了——比利应该是在下面。

我们急忙掉转马头，向下面奔去。不过，那里压根儿没有比利的脚印。与此同时，我们听到了马踩在岩石上的声音，以及马鞭挥舞驱赶马匹的声音。

向下走了1500米后，我们发现，一个小黑点在远处的雪地上移动着。于是，我们加速冲了过去；没一会儿，又一个小黑点出现在我们的视野里；紧接着，第三个小黑点出现了。这3个小黑点的奔跑速度都奇快无比。

“或许正是比利它们！”我们用力驱赶着马匹，慢慢地追上了它们。然而，追上后我们大失所望——那根本不是比利，而是我们自己的猎狗。它们也因为找不到猎物而到处乱窜呢！

我们没能看到其他的狗，也不曾看到顺着溪谷下方追去的猎人们。于是，我们就爬上了一个小山丘，想到山顶上去观察一下。

“有了！”比利的脚印竟然出现在山丘上！

“是它！”我们又沿着比利的脚印策马前行。

前面是一个山谷。来到山谷边缘，我们打算察看一下是否有通往对面山谷的道路。此时，一阵激烈的狗叫声由谷底传来。我们无法看到山谷里发生的一切，因为草丛和树林将山谷重重遮盖住。狗叫声越来越激烈，没过多久，叫声开始向山谷的上方移动。

顺着溪谷的边缘，我们跑向了猎狗发出叫声的方向。

不一会儿，我们就看到了猎狗，它们连成一排，打算从谷底跳上去呢。5分钟后，猎狗爬到了溪谷的对面，而荒原野狼比利就在它们的前面。和以前一样，比利的头和尾巴低垂着，大步飞奔着，但速度明显不如以前快了。

紧随我和肯古身后的那3只猎狗也发现了对面的狼和狗，于是，它们马上跑到了谷底，向对面的陡坡爬去。

我和肯古也打算到对面去，但因为马没法去谷底，于是，等我们费了好大劲儿绕到对面的时候，狼和狗都消失了。

我和肯古又登上了一个利于观察的小山，将马停下来，四处察看了一番。我们发现一个移动的小黑点出现在远方，随后，我们又发现了另外一些小黑点。随即，我们听到隐约传来的狗叫声。

就在我们观察的时候，一个小黑点向我们跑来。我们打算迎上那个小黑点，不过，溪谷的开口过小，马无法通过。看来，我们只好在这个高高的山冈上等着了。

狗和狼好像已经筋疲力尽了，正面没有一只狗在追击，而那只狼也在拖着腿跑。

不一会儿，狗和狼都到了一个我们看得到的地方，而且，我们看得十分清晰。随后，狼爬上了一个陡峭的悬崖。尽管此时比利的腿已经开始不停地摇晃，但是，它在爬的时候还是十分稳当的。看起来，它对这条路非常熟悉。

比利四处张望着，一副筋疲力尽的样子，好像感觉到自己就要死在这座熟悉的山头上。在它身后，15只猎狗紧紧追赶着。除此之外，猎人们也与它越来越近了。

比利晃晃悠悠地爬了上去，而那些猎狗也已经没了力气，晃晃悠悠地排成一排跟在它的身后。

狼和狗全都沉默着，一步一步地向悬崖上攀爬。看上去，它们好像全都呼吸困难，已经不能发出声音了。

悬崖上的小路越走越窄，一边是墙一样高耸的垂直悬崖，一边是刀切一样的险峻峭壁。

很快，比利就来到了一个道路略微宽些的地方，然后，它忽然转过身，直面着那些追上来的猎狗。

比利之所以停下来，是因为道路是倾斜的，因此，它保持着一种俯冲的姿态。等到猎狗冲上来时，它就一只一只地把它们甩到悬崖下面。

由于小道窄到了仅容一只猎狗的程度，因此，那些猎狗一个接一个地向比利冲去。比利稳稳地站在峭壁上，呲着尖利的牙齿无情地攻击着靠近的猎狗，一下子就将猎狗甩到了谷底。首先落到谷底的是敏捷的黑狗，我还没有看清进攻是如何发起的，就感觉似乎是一股流水向岩石冲去，转眼之间，就被撞得飞花溅玉般地掉了下去。

如今，整群猎狗都冲了上去，最终，单打独斗演变成了群殴。黑鬈毛狗一个无力的弹跳，一个反向折回，猛地一咬后就被重重地摔下了悬崖。又有两只狗冲了上来，随后一冲一掀，它们就由那条窄道上摔了下来……而下面的深谷里，遍布棱角突出的石头。转眼之间战斗结束了，冲上去的猎狗全都没了，只有那只狼站在那儿。

整个过程仅仅用了50秒钟！

比利又站着看了一会儿，打算确认一下是否还有敌人存在。当弄清楚没有其他的猎狗后，好像是为了以示庆祝，它“嗷——呜——”地叫了起来。

随后，比利转头继续沿着那条山路爬了上去，转眼间消失在山谷中。

我们眼睁睁地看着狗被比利一一干掉了，甚至忘了用手里的枪。比利的攻击是那么快，短短一瞬间就结束了。

在狼的身影消失在悬崖小道上之前，我们还呆呆地待在原地。直到比利的踪影彻底不见了，我们才想起到谷底去看看是否还有幸存的猎狗！然而，我们下去寻找后，发现那15只猎狗全都死了。可以说，潘罗夫那强大的猎狗队伍全军覆没了。

一周后，我和猎狼专家肯古再一次来到那个平原。

太阳落山后，狼的回声在森蒂纳尔山谷里响起。紧接着，众多的狼叫声呼应起来，或尖锐，或短促。

然后，一声牛的惨叫声由远处传来，那声音非常短促，随即就被切断了。或许，那头牛还未反应过来就被杀死了。

肯古一边摸着马，一边说：“是它，比利！狼群又要攻击另一头牛了！”